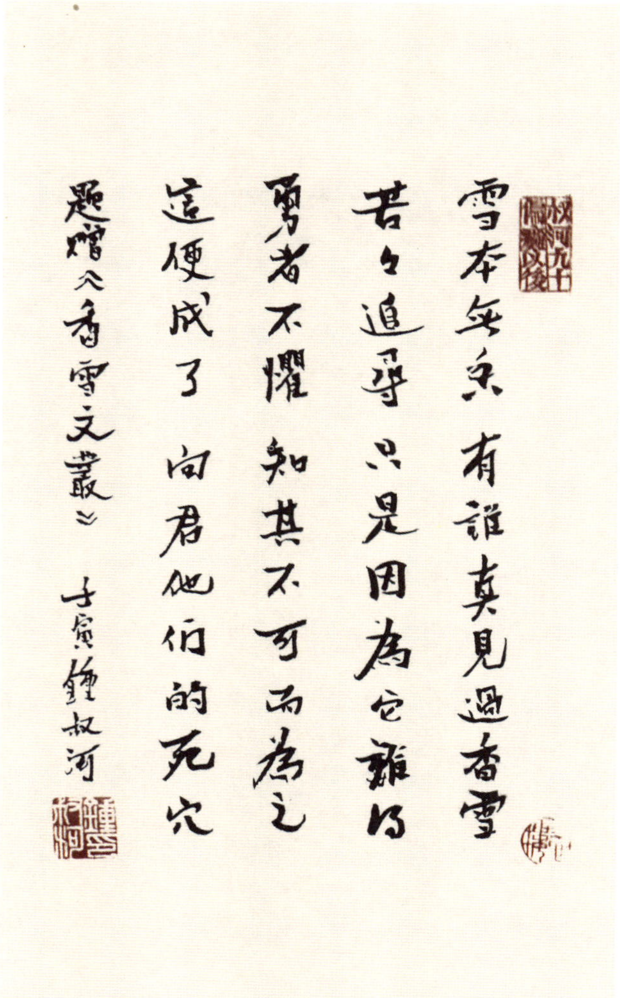

钟叔河先生为“香雪文丛”题词

樂

屋檐下的南方

刘鸿伏 著

山西出版传媒集团 北岳文艺出版社

·太原·

图书在版编目(CIP)数据

屋檐下的南方 / 刘鸿伏著 . —太原:北岳文艺出版社,
2023.6
(香雪文丛 / 向继东主编)
ISBN 978-7-5378-6699-6

Ⅰ. ①屋… Ⅱ. ①刘… Ⅲ. ①散文集—中国—当代
Ⅳ. ①I267

中国国家版本馆 CIP 数据核字(2023)第 056797 号

屋檐下的南方
刘鸿伏 著

//

出品人
郭文礼

选题策划
谢 放

责任编辑
吴国蓉

书籍设计
张永文

篆 刻
李渊涛

印装监制
郭 勇

出版发行:山西出版传媒集团·北岳文艺出版社
地址:山西省太原市并州南路 57 号
邮编:030012
电话:0351-5628696(发行部) 0351-5628688(总编室)
传真:0351-5628680
经销商:新华书店
印刷装订:山西新华印业有限公司

开本:787 mm × 1092mm 1/32
字数:190 千字 印张:8.75
版次:2023 年 6 月第 1 版
印次:2023 年 6 月山西第 1 次印刷
书号:ISBN 978-7-5378-6699-6
定价:68.00 元

总序

香雪是广州地铁6号线的一个终点站名。近几年，常往返于6号线上，每每听到这个报站，总觉得有味。有时拿起一张地铁线路示意图，一个个站名过一遍，唯觉得香雪这名儿富有内涵，让人遐想。

记得还是二十世纪八十年代，曾参加一次文学讲座。一位诗人教导我们如何作诗，他顺口溜出几句写雪的诗："江山一笼统，井上黑窟窿。黄狗身上白，白狗身上肿。我就去打酒，一脚一个洞……"显然，前四句是唐人张打油的《雪诗》，后面恐怕是他随意发挥的。他说这首诗，好就好在全诗没有一个"雪"字，却把"雪"惟妙惟肖写了出来。作为一个客住之人，我对粤文化所知有限，不知当地是否有咏雪的诗篇遗存；如果有，也不会太多吧。

广州是个无雪之城。每年冬天，要看雪，只有北上远行。市郊有广州海拔最高的白云山，冬天偶尔也会飘几粒雪花，但落地即融化。香雪之名缘何而来？后来才知道是萝岗有一香雪公园。旧时，广州也有"羊城八景"之说，香雪自然名列其中。

羊城人喜欢雪，就因为无雪吧。

由广州人好雪，我联想到一个有趣的问题：凡生活中没有的东西，人们总是越想得到。譬如一个美好的愿望，其实就是一种精神诱导，或叫一种心理慰安剂，尽管如镜花水月，而有，总比无好。画饼还是要的。未来是美好的，现在吃苦受累，就是为了将来。天堂并不是虚妄的。然而，经验却告诉人们，越是根本不存在的事儿，越是大张旗鼓，堂而皇之，煞有介事，以期达到望梅止渴……我是个过了耳顺之年的人，河东河西，一生也算见过不少，如要追溯这传统，恐怕要比我辈年长，只是觉得于斯为盛罢了。

香雪之所以拿来做了丛书名，也是一时想不到更合适的。这套丛书分A版、B版两个系列，各有不同。至于能做到多大的规模，还真不好说。唯愿读者开卷有益，也愿香雪能带给人们不一样的阅读体验。

向继东

二〇二二年三月于广州

序

刘鸿伏

散文是什么？从《庄子》到《史记》，从唐宋八大家到归有光、张岱，王羲之的《兰亭序》、陶渊明的《桃花源记》、王维的《山中与裴秀才迪书》、李白的《春夜宴从弟桃李园序》、范仲淹的《岳阳楼记》，从形式到内涵，前人已为我们做了难以超越的示范。散文作为文学史中别开生面的独特存在，与诗歌一样，为一个伟大民族的文明与一代代的读书人提供了无穷的滋养。散文在前人那里，是文以载道和担当道义的利器，更是抒发家国情怀和人生感悟的载体。山川日月，万事万物，人间的得失悲欢与爱恨情仇，还有诗情画意，以及哲思禅悟，散文无所不包也无所不能。你看，一部《水经注》，哪一篇算不得散文？再看《东京梦华录》《板桥杂记》，不都是笔记体散文佳构么？还有历史上那些振聋发聩的檄文，都是以散文的形式传檄天下，如骆宾王的《代徐敬业讨武曌檄》。在中国，自古至今，不会有哪个读书人没有读过散文，也没有一个文人不会写散文。在所有文学创作的文本中，唯有散文能照见中国人的真性情。

我 17 岁开始发表诗歌，22 岁开始散文创作——第一篇作品竟获得大奖，从此一发不可收，20世纪90年代达到个人散文创作高峰，作品在大江南北遍地开花。大约有近五十篇散文为全国省市中学及部分高等院校用于教研。《父亲》于二十多年前就成为苏教版高二语文课本，并选入人教版全国高等职业院校语文课本。作品被选入近百种选本。但从1999年开始，我把主要精力集中到文物鉴藏与古文化研究上去，并于当年出版了海内第一部以随笔文体写作的文物文化专著《遥远的绝响》（30万字，羊城晚报出版社出版）。此书出版后影响之大出乎意料，被中国文物报社评为“二十世纪文博考古最佳图书”（理由是：该书创造了一种关于文博写作的崭新文本）。二十多年来，我醉心于文物考索、收藏与著述，创作自然就少了。

在我年近半百的某个秋天，忽然想起，我似乎还有许多文学写作计划没有完成！少年时代的文学抱负，让我惊醒。于是重新拿起文学创作的笔，陆续写作出几十万字的原创散文，同时也完成了两部长篇小说和一些中短篇小说的创作。其中散文集《父老乡亲哪里去了》入选中宣部国家新闻出版广电总局“2017年农家书屋重点出版物推荐目录”，长篇小说《南荒记》出版后获得许多知名学者与评论家好评，并一度成为热销书。

《屋檐下的南方》是一个散文选本，只选精短的，时间上跨度大。南方是一个地理概念，但更是一种文学意味与象征。把偌大的南方放在屋檐下抒写或考量，只是个人特有的心理视觉，自然也有着烟火人间的况味。

编这本书的时候想加点新的阅读元素进去，但篇幅有限，便从自己创作的书画作品中挑出60件编入书中，读图读文，都挺好的。现代社会生活节奏太快，作者应当为读书人着想，轻松的阅读，或许更有利身心。

散文除了前面提到的载道与担当道义等功能，我以为它还有一个作用，就是让读它的人，活出智慧，懂得放下。好的散文会提升生活的品质与态度，让人换一个角度看世界，无论何种境遇都能在心中保留一点诗情画意。如此，每个人才会活出新的味道，活出愉快轻松的样子。写散文是一种情怀，读散文是一种享受。

是为序。

目录

雀　赋

雀巢

雀是小号飞行物，比不得鹤，比不得其他大型飞鸟。所以雀的窝巢，当然不会像老鹰筑在云间绝崖，也不会像鸦、鹭筑在高树之梢。它不需要如此惊人的旅舍，只需一个盈握的避风躲雨之所。它在世间的任何荒芜野外，或是稠人广众边沿的篱落、灌木丛，就可以建起窝巢，比平地略高一点即可，若是没有略高之处，就是结在草茎之下，也很好。

雀巢很小，却玲珑可爱，材料是被岁月和风雨遗弃之物。小的落叶，断的草茎，枯的细枝，飞散的蒲公英花、芦花或别的落花，只要是雀的小嘴能叼得动，这些大自然的弃物，都能编搭出精致绝伦的小巢——半圆形的，弦线朝下，凹面朝上。雀儿迎着星光月光和连绵的雨、风、霜、雪，把飞行后的累、觅食后的倦以及回家的欢喜，在一片啁啾里卸下，卸到梦幻一般温暖的巢中，度过日迁月移的长岁月、短岁月。

结在小树上的窝巢，就像树上的一枚果实，色泽斑驳中透出一种沉静安详，窝巢和树就那么浑然一体。但这种悬在小树上的巢却容易被大风刮跑，不怕自己的家会随风漂移，只有极勤快的雀儿才会在小树上安家。结在墙角、篱落间的，一定出于胆子比较小的雀，它喜欢把家安在常常被人和动物（如猫、狗）的视线忽略或无视的地方，它懂得隐藏和不招人眼目，就是一种保护。家是永远需要安全感的，它的心思竟通着人心或猫心的世界。把窝结在草茎间的，一定会是务实而且低调的雀儿。它们是随遇而安的一类，很接地气。窝巢紧贴着细草如茵的大地，在春风里传出啾啾，在落花里飞出曲线和诗意。当一个人无意间在野外俯下身子，发现草丛里那么美丽精巧的雀巢，而且巢中还埋着三五枚淡黄深绿的雀卵，他一定会惊奇得几近失语，心里立刻就爱上了这原野和这世界，并小心翼翼地绕过小得不能再小的窝巢，怀着童话一样的心情。

记起画家黄永玉题在一只鸟儿下方的话：躺在地上生活，再摔也摔不到哪儿去。雀儿是依照这位大师的话，在地面结的窝儿，也算是低调的智慧和生存的智慧了。人的心和雀的心都是踏实的、妥帖的。

雀喜

见到和听到雀儿总是欢喜。

在草丛和灌木间跳跃、啁啾，声音清澈得像流水。

在晨光和露水里，又或许在冰雪覆盖时，在和风或寒雨中，它们都不会停止那种清澈如水的啁啾，也不会歇住欢快的跳跃飞动。一根小枝丫就够，一根草尖就够，一块小石头，哪怕是荆棘丛，只要有落脚之处，它们就能唱出来，跳跃飞动起来。它们是精灵一样的舞者和歌者，在这芜杂变幻的天地间。它们从不拒绝同类，喜欢三五成群，甚至列成庞大的阵容，飞鸣于灰色冷冽的云层中，但寒冷的是天和地，温暖热烈的是歌声和翅膀。高空里盈耳的都是翅声和啼声，那是天籁，又仿佛是融通万物与心灵的乐音。

黎明时喜欢听雀噪，风雨时喜欢见雀跃。它们的欢喜让人惊奇，让人心里一振：活着，就要满心欢喜。

觅食的雀，栖息的雀，飞动的雀，啼唱的雀，人不会知道它们为什么欢喜，人的欢喜太少。生命最大的补给和滋养，就是心里有欢喜，雀儿明白，人为什么不明白呢？

雀赏

那么多画师喜欢画雀，但总是喜欢画寒雀或零乱在秋风黄叶间的雀。人格化了的雀，被水墨赋予太多人的悲苦愁闷，但那不是雀的本意。八大山人的笔下，所有的鸟，包括所有的雀，都是孤独的、孤高的，它们总停落在某片残荷之下或某片寒石上，敛伏着小小翅膀，沉默着，白眼朝天，透出一种冷冽、一种悲愤、一种决绝。那不是雀，只是这位国破家亡的天才画家写心的象征物，是那苦痛到无以复加，桀骜到无以复加的心的镜像。几百年过去，这镜像依然如无坚不破的利刃直抵人的心灵。

而徐青藤画的寒雀，却是另一种利刃，荒寂无限。这么一个悲怆的人物，对自己狠到以斧自劈，他画的那种枯芦老叶间的寒雀，恰如一部流血不流泪的心史，却丰沛了一部中国画史。那是怎样的雀儿啊，几笔浓到看不清的浓墨，几笔淡到无的淡墨，几根随意的线条，就把寒冬里的生灵刻画得那么孤寂。它们是饥寒的，和漂泊无依的，恰似画家的一颗心。

画中雀不是雀，却更似雀。人与雀，在他们的水墨里从来是一体的，不分彼此，融合成一种绝后空前的心的影像与情感的象征物，并因此而长生不死。

纸上的雀在芦丛草叶间不鸣不飞，纸外的雀穿过一天烟景，在大地上留下它的欢喜。

雪落下来，地上印着雀的爪痕，如大地留下的眉批。

花开放了，晴明里响着雀的欢啼。

雀从宣纸和水墨里起飞，落在视野之外。不做世人的伴侣，却做明月清风的伴侣。

朝窗外远去的雀影拱一拱手：活着，挺欢喜。

雨天三匠

乡间有三种匠人，都与雨天有关。

如今，这三种匠人，已成为烟雨中远去的背影，淡出了乡间的生活。然而，老一辈农民对他们依然保持了一种特别温暖而亲切的记忆。

雨天三匠，作为一种乡土生存状态的记忆符号而存在。

瓦匠

农家住瓦屋、茅屋，茅屋少，瓦屋多。那密如鱼鳞的青瓦，起伏连绵，向水边、山脚以及无垠的旷野演释扩展开去，构成村落与人间烟火气象，天地如巢穴，每个瓦屋下便是悲喜忧乐、死生爱恨的生命之巢了。

乡间的瓦屋大都有些年纪，多则数百年，少则几十年。年久的瓦屋，最怕下雨，一下雨，便要请瓦匠。

乡间的瓦匠并不多，一个村子不一定有一个瓦匠，所以瓦匠往往要到外村去请。而瓦匠有许多讲究，上屋修瓦、捡瓦之前，要祭祭姜太公。乡间传说，姜子牙封神，最后忘了给自己留一个神位，没地方去，只好将自己的神位安放在屋顶。因此，上屋修瓦，必先祭姜子牙，否则会有祸事发生。此外，还要问卦，看今天宜不宜惊动他老人家。一般来说，姜子牙享了香烛，得了纸钱，不会生气，拿人家的手软嘛。祭过姜子牙之后，瓦匠披了蓑衣，搭了高梯上屋，主家站在楼梯下帮扶，也听候瓦匠吩咐。

手艺好且忠厚的瓦匠，半天或一天就可以修完漏雨的瓦屋，而有些偷懒耍滑的瓦匠会在屋顶待上两天、三天。雨中的瓦匠，刺猬一样披着蓑衣，往来于瓦楞之上，轻捷如猴，很多人猜想，他们可能都练了轻功。一般人身重手笨，行走在老旧薄窄而且滑溜的瓦屋上，不是踩烂瓦片，就是立足不稳，哪还能捡瓦分阴阳、修瓦不漏雨呢？所以，敢在瓦屋上滑行如飞的瓦匠，在乡间都颇受人敬畏。瓦匠喊你在梯上递瓦你就递瓦，瓦匠说要换椽子就换椽子，瓦匠说要吃酒你就要上街买酒，瓦匠吃饭要打你孩子栗凿就打栗凿，全看瓦匠心情好不好。

乡人对瓦匠有一种本能的提防与畏惧。其中原因，倒不是怕瓦匠把你漏雨的屋修得更漏雨——若修过还漏雨，瓦匠会臭了自己的名声——怕和提防，主要是由于传说一般瓦匠如果不满意主家的饭食招待，便会在屋顶的某处瓦下安放符咒，让主家不得安宁，严重的会有血光之灾。所以无论主家怎样穷，招待瓦匠的饮食是绝不能马虎的，借钱请瓦匠，便成为乡间常态。

我家祖上留下了一栋数百年的老瓦屋，受不起春夏两季雨水冲洗，瓦屋一到雨天就会漏雨。年年请瓦匠，不胜其烦，也不堪其负担。父亲当年身子健旺，身手敏捷，在帮瓦匠递了多年瓦、扶了多年梯子之后，忽然下了狠心，自己学捡瓦。记得父亲去邻村买回一担青瓦，自己架了高梯于檐下，让我和母亲递瓦，他轻手轻脚踏在屋顶的瓦片上，样子令我们心惊。主卧室的瓦漏得厉害，父亲先爬到屋顶主卧室上方的瓦楞上，将旧瓦烂瓦一片片捡开，再按阴阳秩序铺排新瓦。用父亲后来的话讲，每片瓦都严丝合缝，比瓦匠捡修的还好呢！自从父亲学会了捡瓦，我家很多年没有请过瓦匠，也很少再漏雨。

蓑衣匠

一到落雨天气，乡间出行靠两种雨具，一是伞，伞是油纸伞，再就是斗笠蓑衣。打伞出行的主要是妇女、儿童或老人，披蓑衣戴斗笠出行的主要是男人。男人要挑东西，难得空手出门，挑东西又打伞，不方便，所以必须戴斗笠、披蓑衣。蓑衣就是用南方的棕树皮织成的又厚又结实的雨具，形似古代的铠甲，无袖。蓑衣防雨防雪又御寒，这是前人的智慧，生存智慧。

说起蓑衣，就不能不说到蓑衣匠。蓑衣匠不一定是专业的，这和织渔网的手艺不见得只有织网匠人才会是一个道理。但蓑衣要织得好，耐用又轻便，这里面就有了技术含量。有了技术含量，就不是普通人都能干的活了。

蓑衣匠一般会在雨天或落雪天出现。

在烟雨连绵的青山绿水间，在田埂、村舍，挑了行头的蓑衣匠会用一种很缓慢很奇怪的声调喊："织——蓑——衣——啰——哪家——要织——蓑衣——啰——"听了喊声，在家躲雨的汉子或婆娘就会答一声："到家来，师傅！"

蓑衣匠当然穿着自己编织的蓑衣。汉子或婆娘从匠人身上拿起蓑衣仔细瞧瞧，仔细掂掂，如果觉得这师傅手艺好，就会请他到堂屋摆开家伙，抱来干透了的金黄色的棕树皮，让师傅比着汉子身量织，汉子不在家时就比着原来的破蓑衣的大小织。

织蓑衣得先修理剪裁一张张棕皮子，然后将棕皮抽丝拔线，搓成细小而结实的棕绳，再用棕绳打出蓑衣的形状框架。这道工序很慢，做起来得很细致。

蓑衣匠都有一根很粗的长针，那针眼也大，将细小的棕绳穿入针孔，依框架层层铺好棕皮，再一针针缝牢固了。蓑衣匠都是男人，但他们穿针走线的样子一点儿也不逊色于乡下妇女。

要编织好一件蓑衣，至少也需一个工，即一天时间。在乡间的匠人中，阉匠来钱快，瓦匠来钱多，灶匠有酒喝，木匠有肉吃，篾匠介乎灶匠与木匠之间，有吃有喝。只有蓑衣匠，钱来得少，一个工抵一天劳力工，两角钱，吃饭也没什么特别待遇，主人吃什么他吃什么，所以在乡间，学手艺活一般不会去学做蓑衣。

新蓑衣轻便暖和，穿了新蓑衣的汉子在雨中的田野快活来去，口里唱着打情骂俏的山歌子，很是得意。他们穿蓑衣扶犁，穿蓑衣上山砍柴，穿蓑衣下种，穿蓑衣挑很重的担。乡间一蓑风雨，也是自在苦乐人生了。

修伞匠

乡下的雨天往往阴雨连绵或暴雨如泼，雨具简陋，一淋雨，就容易生病受凉。那时都穷，生不起病，吃不起药，所以雨具于农家是极为紧要的。因此，修伞的行当在乡下也挺吃香。

修伞匠一般都从街上来，他们的行头比一般匠人少，只需背一个木箱就行。所以修伞匠走村串户更方便。

既然多从街上来，修伞匠就比一般匠人多了点文静气而少许多粗野气。文气的伞匠常常撑了油纸伞行走于乡间，衣着整洁，一副文质彬彬的样子，讲话也有腔有调，不太打乡谈，多讲城里的逸事传闻。他们的样子很有些吸引人，尤其对于村里的女人。

修伞匠进屋取小板凳后，坐在屋檐下的台阶上，从木箱里拿出些剪刀、针线、油布油纸，还有细小的伞骨或伞柄。女人从屋内将破了的纸伞很是郑重地交到伞匠手上，轻声叮嘱，无非要伞匠将她的破纸伞精心修复，但在外人看起来，样子似乎有些暧昧。

修伞是细致活，匠人一边和女人讲谈些油盐柴米或夫妻之道，讲些街上的奇闻逸事，一边麻利地缝织伞上的破洞或接续断了的伞骨。女人对修伞匠有一种好奇，对街上人及街上生活很向往，加上把自己粗莽的男人与文质彬彬的伞匠一比较，于是就有了连人带伞一齐被伞匠带走的事情。跑了老婆的汉子，从此防伞匠甚于防贼，然而又没奈何。

一柄油纸伞，撑开一天风雨，就如一片云彩，让生活有了许多的遐想与诗情画意。打着油纸伞的女人，走出瓦屋，走上窄窄的田埂，穿行在如慢板的乡村岁月中，亦穿行在乡村宁静温馨的旧梦里。

伞匠修补出风雨中的诗意，瓦匠修补出风雨中的安宁，蓑衣匠编织出风雨中野性的快乐。世间风雨无有穷尽，雨天长得出花朵与五谷，雨天也长得出苦难。风调雨顺中，我们的灵魂才安妥。

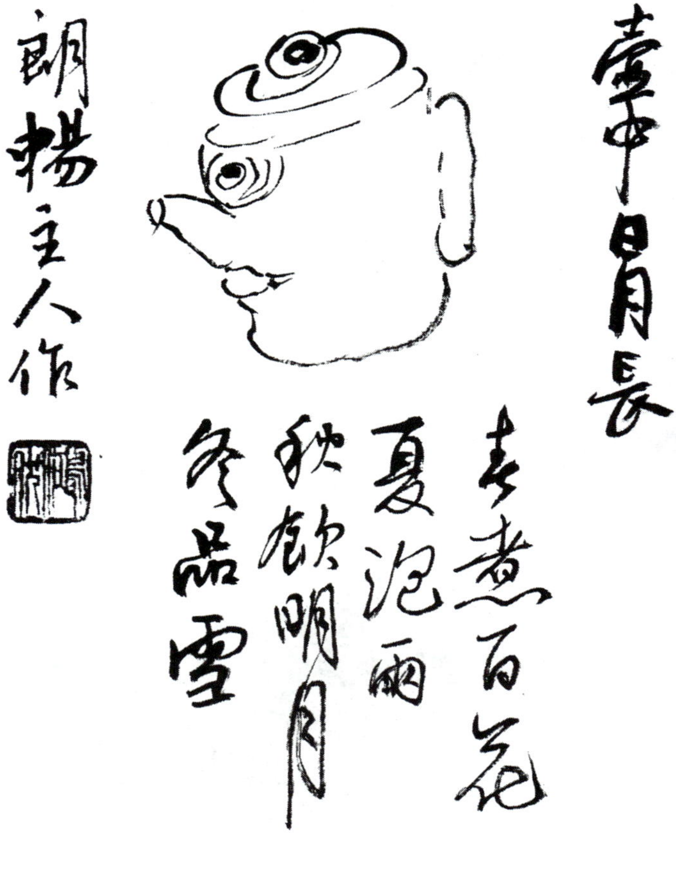
壺中日月長
春煮百花
夏泡雨
秋飲明月
冬品雪

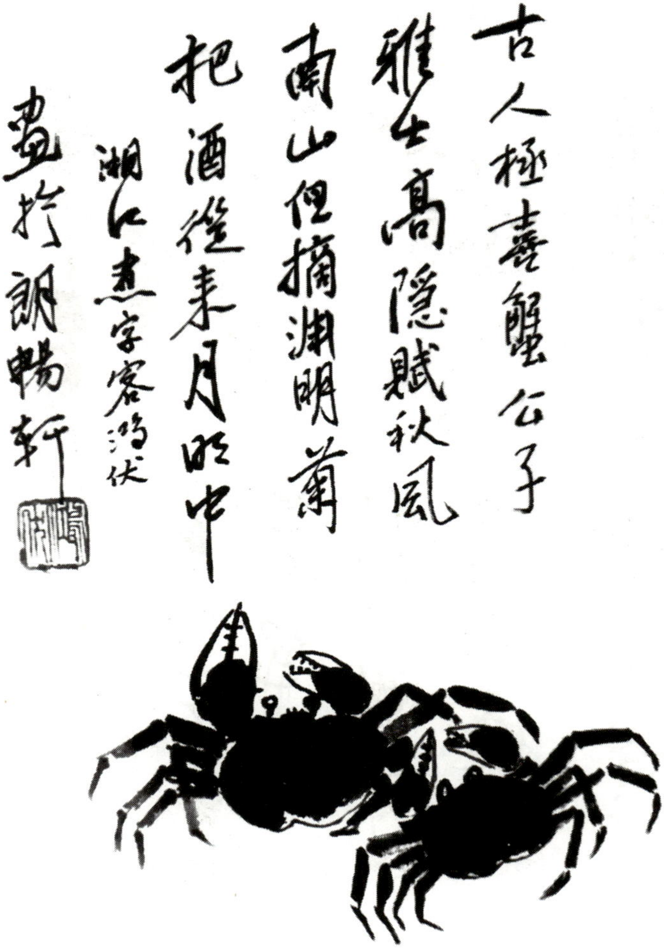
古人極喜蟹公子
雅士高隱賦秋風
南山但摘淵明菊
把酒從來月照中
湖北惠字客鴻伏
畫於謝暢軒

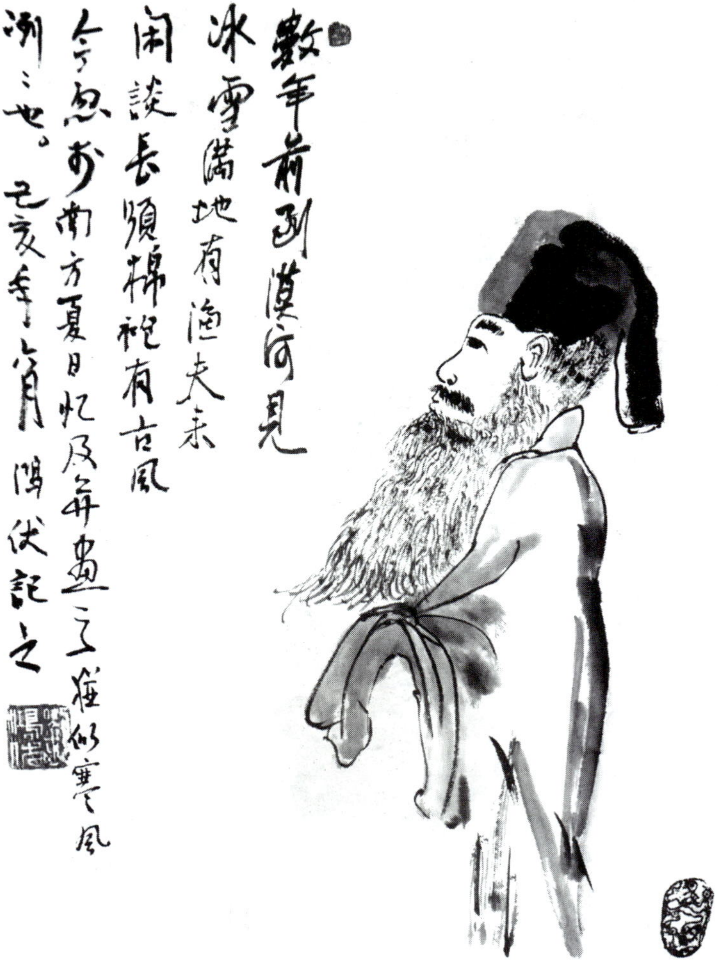
數年前到漠河見
冰雪滿地有漁夫來
閑談長須棉袍有古風
今忽於南方夏日憶及并畫之之猶似寒風
冽冽也。己亥年六月 鳴伏記之

向背圖說

朗暢軒主人

夫天地萬物萬事
皆有畸正陰陽
抑或悲喜好坏
古人謂物極必反
否極泰來亦謂
禍兮福所倚也有感於此以作是圖鴻伏記

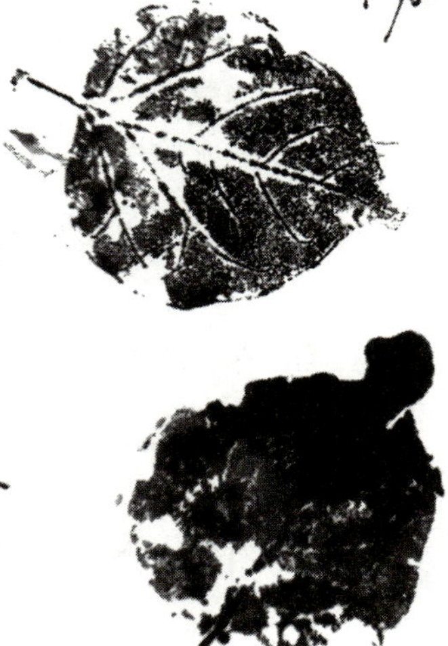

蟹语(外一篇)

看齐白石画蟹，很有意思。老先生用浓墨和淡墨两色，一番涂抹勾描，那纸上的螃蟹便成了活物，仿佛要举着双螯夹你伸出的手指。他画的虾也如此，细如发丝的触须，似乎只要有一丝的惊动都会飞快地缩回去，或者随时在水草中摆动一样。我很喜欢齐白石先生这类充满意趣和生活气息的水墨作品，在浮躁喧嚣的红尘世界，在心烦意乱的时候，看看他的画，心情就能放松，获得一种意外的愉悦和宁静。

因为喜欢齐白石纸上画的螃蟹，便附带喜欢上了那些赶海抓螃蟹的视频，身居闹市，也只能看视频过过瘾了。其实小时候是抓过螃蟹的，不过那是在老家乡间。后来偶尔回家也到小溪去体验一下，却几乎没有再抓到过螃蟹，好像溪水中的鱼虾螃蟹都消失了一样，问乡邻，也说不出个所以然来。想，也许是农药惹的祸吧，污染了的溪水，再也长不出小鱼小虾了。

看赶海的视频却很过瘾，大海退潮之后，沙滩浅渚和礁石间，还有红树林里，赶海人用长长的铁夹子从海草、泥隙、石洞中找出那些藏着、躲着的大青蟹。那真是很大很大的青蟹，大的有两三斤重，小的也有半斤八两，远比齐白石老先生画的山溪里的小螃蟹大，也更凶猛。有一些赶海人还专门喜欢挖蟹洞，海边树林或者废弃的养殖场，巨型青蟹打出一个个大泥洞，可以转弯抹角打进去好几米深。挖蟹人想要抓到它们，所消耗的体力是很惊人的：一边挖洞，一边把整个身子都钻进泥洞里去，过一会儿就要爬出来透透气，浑身跟泥猴似的。巨蟹藏在泥洞最深处，往往要花几个小时才能把它捉出来。等挖满半桶青蟹收工时，已经是潮声如鼓、繁星满天了。

看齐白石画的螃蟹让人宁静愉悦，看赶海人抓螃蟹却让人异常地兴奋和刺激。这里面有讲究。赶海的过程，是一个无法预知的过程，要耐着性子搜寻和发现，发现之后，想把藏在深洞中的大蟹抓出来，不仅费时费力，过程也很惊险。抓蟹人与螃蟹的斗智斗勇，让人荷尔蒙飙升。挖蟹人在洞里的战斗无法看到，那肯定是险象环生，而洞外赶海抓蟹的情景却能看得真切。无比生猛野性的家伙绝不会束手就擒，它们仿佛钢铁侠，全身披挂，挥动两只巨螯和赶海人手里的铁夹子展开战斗，因为愤怒，它们嘴里喷出海水，人与蟹好一场鏖战，围剿与被围剿的双方，差不多要用完兵法中的三十六计，缠斗到激烈处，巨蟹会用它的双螯死死钳住抓蟹人手里的铁夹子，发出“咔咔”的声响。

看画画是凝神静气，知道花草和螃蟹将会如何布局，心里淡定。赶海抓蟹则心里没底，几乎全靠运气。唯不可知，才刺激兴奋。所以看赶海的感觉与看画画的感觉是完全不同的。但不管是看画画还是看赶海，只要是和螃蟹有关的，我都很是为之着迷，关于这一点，朋友不解，有时候就是连我自己都很觉迷惑。

这种视频看多了，忽然就想起一个问题，这么豪横的螃蟹，从来都是横着走路的，而世人对于螃蟹一直持有成见，把它横着走路的生理特征当成世上那些横行霸道的坏人、恶人的象征，并狠狠地诅咒：看你横行到几时！意思是，不是不报，时候未到。以我看来，世人对于螃蟹的诅咒和成见，完全是没有道理的，螃蟹和乌鸦一样被世人借题发挥，将人世的罪恶与不祥，强加在螃蟹和乌鸦身上，千百年来让它们硬生生成为背锅侠，受到不公平的待遇，这冤屈可谓大矣。

横着走路的螃蟹，为什么总是躲在石头的缝隙、泥草的角落？它们不是很豪横吗？不是横行霸道吗？不都是恶霸的样子和一副有恃无恐、恃强欺弱的样子吗？可螃蟹们却为什么总是要藏起来，躲起来，它们到底在害怕什么、恐惧什么呢？是害怕给它们强加罪名并且永远在诅咒它们的人类吗？或许是，或许不是。

世人对于螃蟹行走方式的偏见和诅咒，总让我耿耿于怀。它看似坚实的甲壳，仿佛一个永远甩不掉的锅！

忽然想起古人其实是喜爱螃蟹的，至少喜欢吃螃蟹。秋高气爽时节，菊花盛开，螃蟹正肥，一壶美酒，足慰风尘，这是古人的雅致。但爱吃螃蟹的优雅的古人，却并未为螃蟹洗脱冤屈，更没有给螃蟹正名。

螃蟹的无辜，正映照出人心的邪恶——莫须有和污名化，然后群起而攻之，众口铄金——帽子戴上了，想摘也摘不掉！这正是人们惯常的手段和套路，属精神暴力和霸凌之一种。从螃蟹的无辜，推及众生平等，由此及彼，由表及里，实在想不出这世间的背锅侠究竟几何。如果螃蟹是水族中的窦娥，那么，乌鸦就是鸟类中的窦娥，乌龟就是替老婆出轨的男人挨骂的窦娥，短尾巴的兔子、秋后的蚂蚱，则是被骂短命的窦娥。它们不幸成为这世间形形色色背锅侠中的一分子，似乎永远也没有洗清冤屈和罪名的希望。再想起某些耳熟能详的动物，想起某些耳熟能详的人和事，忽然觉得，螃蟹似乎也不一定能算得上背锅侠中最典型的窦娥。

……

此时的窗外，太阳正炙烤着大地，蝉声雨点一样落下来。手机响了一声，是一位居住在南方山地的朋友发来的视频：这个中年汉子正光着上身浮在透明的溪水里，和一群野孩子打着水仗。我分明看见溪水中有鱼虾和螃蟹的影子，它们没有躲在石头缝隙中或者泥洞里，而是悠闲自在，和水中嬉戏的人和谐相处。

但奇怪的是，静坐书斋，除了蝉声，我的耳畔竟然响起巨蟹挥动双螯时的咔咔声响，这声响竟一次比一次清晰而密集：咔咔咔……

南台寺听箫

时在庚子八月十三，夜宿南岳之南台寺。

暮色从群山升起，孤鸟高飞。寺中木鱼声起，敲得岁月深如老谷幽潭。

八时许，居士前导，出寺之后门，石径陡窄，灯火幽暗，满山虫声唧唧，秋风爽然满袖。石径尽，汗出。登顶见危墙蜿蜒，中有七层宝塔与莲花浮云烟中，夜鼓数声，怵然而惊，疑非人间。

居士轻叩僧舍，与屋内问答有顷，木门方吱呀开启。一中年僧者出，面相高古，深目高颧，袍袖飘飘，疑为几百年前人物。略略寒暄数语，僧者趺坐塔下，从袖中出一陶埙，寂静有顷，忽呜呜咽咽吹将起来，其声苍凉荒旷，如朽木扔深潭寒泽中，从诸山之巅推荡开去，愈荡愈远，往复回旋，令人有陈子昂前不见古人，后不见来者之思。

此际，月出东山之顶，如白银罗盘一般，渐高渐大，愈大愈明，树影摇曳于粉墙，人影散乱于地上，与水墨画相似。

吹埙毕，僧起身回舍，以为止于此，未免有几分失望。

正欲归去，又听僧舍木门响，两僧次第出，一小僧手持木盘，盘中有小盅数枚、紫砂壶一把。前僧执尺八，不着一语，迎风立塔影下，指按尺八五眼，吹的是东洋樱花歌，月下听来，一点也无海国那边花月美人的绮梦艳想，倒觉得一派秋声秋意，胸肺间栖满寒蝉，这山中月色也仿佛旧时月色了。

如我这等俗物，于音律器乐之类自然是门外汉，而紫砂壶中香茶，倒是能品出些许滋味。我问那颇有几分儒雅的筛茶小僧：此茶入口有陈香，味在齿颊间流连，莫非荒山古茶树上采来？小僧莞尔，回道：施主竟也是一个懂茶的？失敬失敬！双手合十，样子愉快极了，有点忽遇知己的感觉。

吹尺八的僧人一曲甫毕，若有所失，说：两位施主不喜欢东洋的尺八么？

居士哈哈一笑：法师吹得高明，可惜对牛弹琴了。

我说，我们听不懂尺八，倒是听得懂箫的，不晓得法师能吹箫否？若能在此高山之巅，明月之下，古刹之中，听上一两曲，岂不是人间难得的耳福？

法师微笑，又从长袖中出一箫，坐石上，轻声细语说：那我不妨先吹一曲，要请两位居士指教的了。

箫声起，如流水相似，在微凉的月色与苍茫山谷中漶漫婉转，仿佛是从袍袖间悠悠溢出，又仿佛千万根游丝柔柔地伸向时空中的角角落落，直搔得你的心尖痒痒麻麻。似有轻寒乍然袭来，花苞齐绽，方寸之间暗香浮动，渺渺茫茫，似有还无。

居士点头：好一曲《梅花三弄》！直吹出一种孤标闲逸、不食烟火气象来！

法师的脸上露出惊讶神色，说：今晚是遇上高人了，真让人快乐！

于是一起品茶，闲聊。

我说：法师能吹埙与尺八，又能吹得如此好箫，也算不辜负这山中的清风明月与悠闲岁月了。不似我辈碌碌红尘，为蝇头小利或一官半职争得与乌眼鸡相似，疲累不说，这份无趣，已让人难以忍受。法师能放下一切，落得逍遥自在，虽然青灯黄卷、晨钟暮鼓未免寂寞清淡些，却心有所归，吹箫品茶，远胜红尘。

法师抚箫不语，亦不着形象，仿佛花非花，箫非箫，一切空相的样子。

复饮茶，看月，看月下寺庙的飞檐与没有头尾的山脉。寂静中虫声愈响，泉瀑愈幻。

仰望天空，见密匝匝繁星挤在深邃的苍穹，透出一种神秘诡异。

居士凝视手中小小茶盅，忽然说：山高月小人似芥。

良久，我答：庙古经残箫如霜。

吹箫的法师与斟茶的小僧对视一眼，幽幽地笑了：难得两位如此风雅，今夜因缘殊胜，不如再吹一曲，以助雅兴如何？

我说：求之不得！当此良夜，何妨充一回风雅之人呢？

居士点头：姑且妄充一回知音吧。

于是箫声又起，这回吹的竟是《春江花月夜》。

吹箫人眼前心底，一派春江月色，繁花盛开。听箫人却如坐忘川，化身千亿，在花月涟漪中悠悠荡荡，悟得色即是空，空即是色。

月落乌啼，人影如幻，只有箫声，在树叶和草尖徘徊，在寺庙的瓦楞与菩萨的衣褶上流过，愈见世间的寂寞。

南台寺巍然如慈悲古佛，趺坐于出尘的箫声中，在月色的峰峦上，在流水的慢板里。诸法空相。无尽佛。弘一师曰：悲欣交集。

山中草木虫蚁以及一切有生，因有南台寺以及南台寺的箫声，都觉有情。

更深露重，合掌胸前，道声再见，步仄径，归于僧舍。心似孤鸿，无枝可依，忽得暂歇。

得诗数句，以记南台寺听箫：

月光做的箫
在耳边
碎成流水
蝉
摁住箫孔
让细微的风
走进林子深处
如红尘中
那个失意的人
循着一朵莲花
来赴
无人相邀的约会
陌生的世界
时间老得飞快
老得如此
风姿绰约
一声叹息
落在心坎
昨夜忘在山间的
那袭僧袍
是头上的霜雪

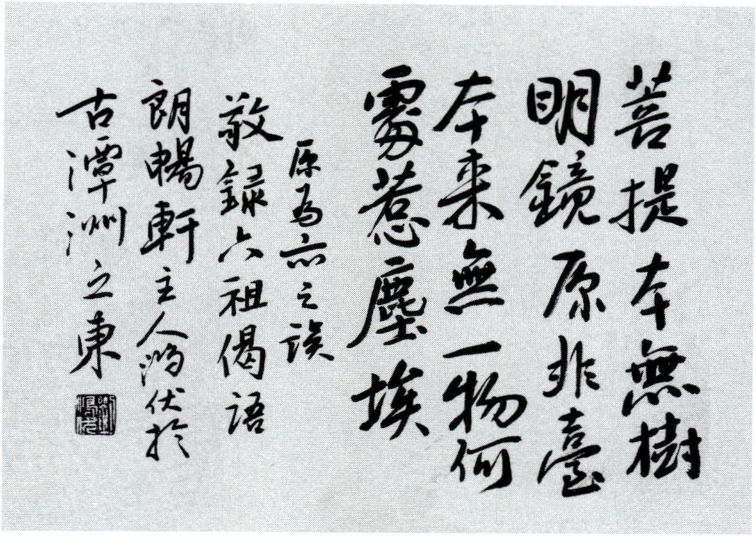
菩提本無樹
明鏡原非臺
本來無一物何
處惹塵埃
原為亦之誤
敬錄六祖偈語
朗暢軒主人
伏於
古潭洲之東

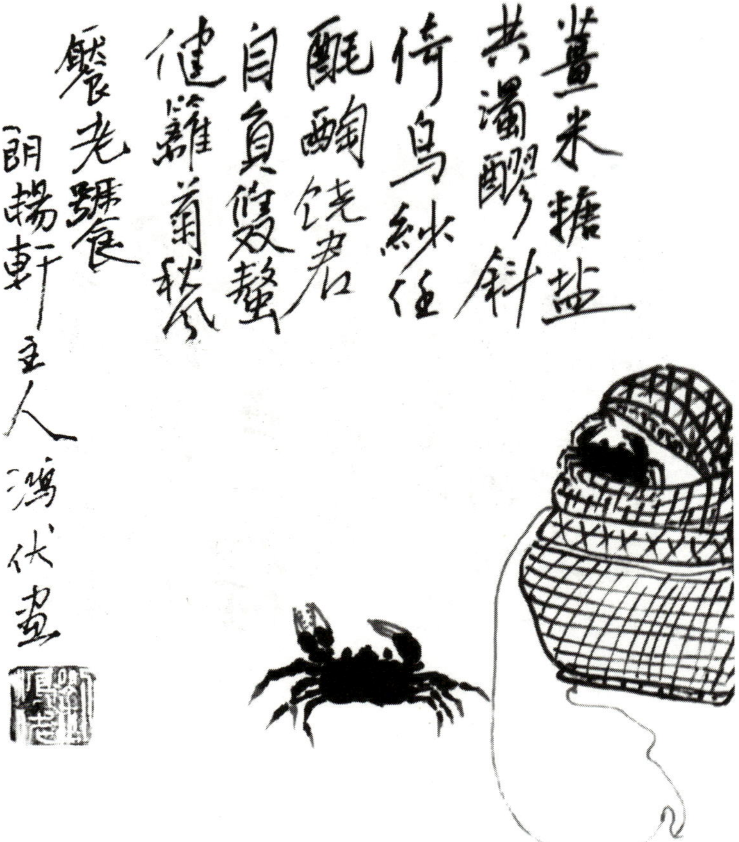

薑米糖鹽
共濁醪斟
倚烏紗任
酕醄饒君
自負雙螯
健離菊秋風
饞老饕
朗暢軒主人鴻伏畫

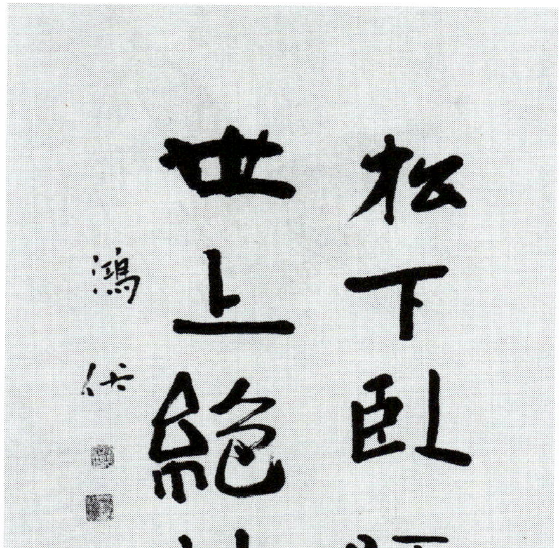

秋水

大地的恩惠

山和水是有滋味的，品它们的滋味可以用心，也可以用舌尖。

苏东坡说：“惟江上之清风与山间之明月，耳得之而为声，目遇之而成色，取之无禁，用之不竭，是造物者之无尽藏也。”清风与明月毕竟过于浪漫。山野苍茫，流水汤汤，自然生万物，万物各有用处，山和水才真正是人类用之不竭的无尽藏。山里、水中的物产让人在饥荒年月度过生死关口，让人在温饱富足时品出野的味、雅的味，这是大地的恩惠。

真正懂山的味道与水的味道的，还是那些生活在山里和水边的人。

山里好吃、能吃的很多，如蕨、笋、菌之类，它们自古就是乡村人家餐桌上的美味，普通也普及。而记忆中却总有一些更特别的东西让人回味。

初春，山野如桌。

春食野胡葱，是南方乡间不变的传统。野胡葱与菜园里种的葱应是同科同类，但野胡葱的叶片细长如吊兰叶，茎秆肥白。初春小雨如酥，土地像发酵的面包。当其他植物还只是小心翼翼地冒点尖、芽，打探一下春消息，野胡葱已经从泥土里冒出头来，在温煦的春风和细如丝缕的春雨里亭亭玉立。野胡葱有一种特殊的清香，非家葱可比，因香味奇异，多用来调味。野胡葱爆炒山羊肉，佐以山椒，过去只有贵客才可以享用。一碗苞谷烧或米酒，就着野胡葱炒山羊肉，味觉忽淡忽烈，妙不可言。在二十世纪六七十年代，乡间贫寒，食物奇缺，野胡葱通常只能缺盐少油地清炒当下饭菜，即便如此，这道菜也不亚于富贵人家的珍馐美馔。

刺桐树上初生的嫩芽也是一味极妙的野菜。初春，杂花生树，草长莺飞，那山野间遍生的老刺桐的光杆上魔术般变出一簇簇肥嫩的叶芽。一棵刺桐只生两三簇，一簇三四片嫩叶。采摘老刺桐嫩芽比挖野胡葱难些，因为它遍身是刺，需小心翼翼地用弯镰将刺桐勾成一定弧度，再用小剪刀剪下嫩芽叶。这嫩芽叶要先焯水，再清炒，口感嫩滑清香，比家里炒的其他菜蔬都好吃。刺桐这种东西令人望而生畏，谁也不会想到它的嫩芽叶如此美味，人不可貌相，树亦不可貌相。吃刺桐芽叶的时间极短，大约十天。春天万物生长迅速，十天后，嫩芽便散开，变成树叶，味道渐涩渐苦。

在春天里，有几种花也可以用来做菜。

一种是野栀子花。这是野外生长的一种大叶栀子，暮春之际盛开大朵洁白肥厚的花朵。此花不仅几里外便可闻到沁人心脾的清香，更让人快活的是，可以清炒来吃。从山上摘下大朵大朵的栀子花，在泉水中冲洗后下锅，见油便爆响连连，瞬间满屋香气。栀子花洁白肥嫩、成朵不散，起锅装盘，一家人围桌而坐，分而食之。入口肥润而鲜嫩，清香充溢口鼻，直透脑门，有无法言说的妙味。

桃花也可食。桃花盛开时，遇春风春雨便飘落如雨，所谓满地落红。乡村人家将一张细篾织的竹垫放在桃树林中，一夜过后，便有满竹垫的美丽桃花了。用小篓收了花，在山泉、瀑布下冲洗干净，然后回家在火塘里架起柴，拿出大瓦罐，罐内放入清水、糯米、红枣，炖煮约一个时辰后揭开罐盖，放入小篓中的桃花，再盖上盖，小火慢炖约半个时辰。开罐，盛碗，香气弥漫，让人食指大动。桃花粥口感香滑，味觉奇异，还可以养颜生血，是抗衰老的奇方，入了古人养生食谱的。南方极少数保留这种吃桃花粥习俗的地方，多为长寿之乡。

春天山野间能吃的东西太多了，更多的是随摘随采随吃。

南方乡村喜栽油茶树。油茶树的花朵似大栀子，一眼望去，满山野的白色茶花，在烟雨中呈现一种极悦目的美。奇妙的是，油茶花之间夹生着一种叫“山茶泡”“山茶耳”的美味。它们是山茶嫩叶在生长过程中发育而来，嫩叶极肥厚，水分充足，有些形似泡泡，有些形似人的耳朵。“山茶泡”“山茶耳”吃起来很甜，用牙咬住，有一股自然的清香，那是苦日子里极其珍贵的关于“甜”的味觉体验。

还有一种形似小草莓的“刺泡”，是更易获得的山野美味。它们遍生山野、溪涧边以及田头地角，早春开小白花，暮春即结

"刺泡"。"刺泡"远比草莓小，形状似小纽扣，色泽艳红，多汁，甜中夹杂一丝酸味，极解馋也解渴，取之不尽，是大自然赐予孩子的礼物。

春天的南方，烟雨迷蒙，天上鸟飞，水里鱼游。

春水在雨丝风片中悄然涨了，山涧、小溪，都漂着花瓣。桃花流水，如落霞，如彩雾，美了流水，也香了流水。桃花水一涨，乡村孩子就忙开了。

发桃花水的季节约在暮春。此时水里的鱼叫桃花鱼，肥壮生猛，半斤左右。山溪的水是冷水，长不出大鱼。溪里的鱼由山泉水养大，肉质紧而嫩，鲜而甜，非河鱼、塘鱼可比。

孩子们从家里的阁楼上找出渔具，那是一种叫"鱼喇叭"的家伙什，竹质，细篾织成，形状像一个大喇叭。孩子们二三人一伙，将溪水里的大石头拢在一起，在缺口处将"鱼喇叭"固定好，只等第二天早晨去取鱼。

吃桃花鱼，也是有讲究的。春上山野间生有一种野生的紫苏，极清香，是上佳的调味品。将鱼虾清洗剖杀后，炸、煎、烹、焖，再撒点红辣椒、紫苏。紫苏紫、辣椒红，鱼虾炸得金黄，汤色洁白，色香味俱佳，是乡村的春天最奢侈的美味。

"春水发，有鱼呷（吃）"，"桃花落，泥鳅多"。

"桃花落"，是指暮春时节，水田与田沟里的泥鳅、鳝鱼、田螺，经过长时间休养生息，生长快速，已养得膘肥体壮。

在二十世纪六七十年代，稻田里只打点石灰，积的是有机肥，所以生长着好多泥鳅、鳝鱼和田螺。乡间春夜，蛙鼓响，火把明。泥鳅从泥里出来透气，遇了亮光，便一动不动地待在水里。孩子们分工合作，只需一两个小时，就能抓到满篓子泥鳅、鳝鱼。

泥鳅、鳝鱼和田螺，吃起来有一点泥腥味，为了去掉那泥腥味，母亲们各有绝招。有一些作料可以去味，如姜、葱、紫苏、水芹菜，还可以用柴火熏制，制成腊味的泥鳅、鳝鱼，冬天用山椒爆炒，算得上佳肴。

姜丝焖泥鳅是一道美味的农家菜。先将泥鳅养三五天，吐净泥沙后剖杀，下锅油炸或油爆，之后放入生姜丝、花椒，再爆炒，然后加入清水，盖锅盖，文火焖，香气四溢时，起锅上桌。

泥鳅钻豆腐更是乡间至味。大火生起，锅中倒入茶油，待油半沸，将自家磨制的大块豆腐轻放入锅，不翻动。一分钟后，以极快的速度将泥鳅放入锅内，同时捂上锅盖。此时，烈火烹油，泥鳅迅速钻入豆腐中。待豆腐全熟，泥鳅也就熟了。这道泥鳅钻豆腐是乡间的农妇发明，后来成为一道名菜。

而田螺，多用姜、葱、辣椒爆炒，鲜、香、辣。至于黄鳝，制作又别于泥鳅，以爆炒或和黄瓜炖煮为佳，营养丰富，多食强身。

山里、水中，都生长着春天的味道，这味道充满情趣与野趣，也是童年的味道。生机勃勃的大地，永远以无尽的馈赠，养育每一个生命。我们都是春天和大地养大的孩子。

板桥上的乡愁

郑板桥这名字很有意味。正如徐青藤、倪云林一样，让人遐想。郑板桥一生爱竹，他不取一个与竹有关的字或号，却独独钟情于“板桥”，这是一件很有意思的事情。在他的意识深处，“板桥”即是乡野或田园，板桥的田园情结与田园理想，包含了许多人生的意蕴和诗与哲学的意蕴。板桥做过官，官是小官，小官难做，何况板桥又是陶渊明一类人，见了官家的欺诈，也见了百姓的忧苦，在板桥的意识里就生出一种对现实的逆反与逃避。心中向往的是那种渔樵互答、衰柳斜阳的田园的宁静悠远，那里才是他栖憩灵魂的所在。板桥在他许多书信里就反复表达过对于田园生活的设想与神往。

“板桥”两个字，不知为什么总让人起一种乡愁。

板桥上的乡愁。

郑板桥的田园情结是一种泛乡愁。而板桥上的乡愁却仿佛从很远的乡野或者一些怀乡的古书里悄然流来，有如月影箫声，让心轻轻战栗。

即使乡愁的诗写得再好，分明不如一座板桥那么震撼心灵。

旅途驻足时，蓦然望见板桥就那么静穆真切地横在逝波上，横在两岸纷纷飘落的野花或款款飞扬的雪花中。让人感动流泪，想起远处某片熟悉的田园。

板桥永远与流水连在一起。

板桥永远和匆匆来去的人生的影像连在一起，和一些断断续续的记忆连在一起，和一些鸟声、月色连在一起。它那么沉静地横在流水上和无边际的岁月之中，恍如一个梦的影像，充满忧伤的诗意。一个恒久的人生的场景，一种阔大深远的文化遗存。

如乡愁的象征物，流水上的板桥在炊烟中若隐若现，在古旧的书页里横斜又横斜。

于是想起故乡的某处也有这么一座老旧的木板桥。在田垄和村舍之间它存在了许多年月。夏夜有人坐在上面乘凉，听桥下的水声，看头顶上的月亮；春天来了，油菜花遍地金黄，那板桥上停满蜜蜂和红色的蜻蜓，年轻的女人走过去，身上必沾满了菜花和蜜蜂。板桥和女人就让心酥酥麻麻地感动了，恨不得自己就是女人脚下的板桥、女人身上的蜜蜂了。冬天里的板桥最美，雪花覆盖在桥面上，上面印着黑犬梅花形的脚痕或雀鸟的爪印，雀鸟爪印如“个”字，斜斜地写出野趣。

但板桥却是送别的所在，正如古诗里的长亭和短亭。

板桥是一种很特别的从乡野生长出来的文化，是属于古典和田园的美好事物。想起温庭筠“鸡声茅店月，人迹板桥霜”的句子，体味到一种凄迷的离情与远游的萧索艰辛，苍凉的心绪，仿佛深秋的风掠过胸臆。月和铺霜的板桥是两件伤情之物，旧时的读书人总是把它们认作乡愁的根源，发出最深切的人生感喟。今人为红尘所累，板桥或月光已失去了原有的意蕴，就是我写的这个题目，也未免显得迂阔和陈腐，失去了血脉里一份古典的文化情结，显出心中的空落和人生的了无趣味。说读书，说诗酒，说月色里的板桥，仿佛都是离红尘很远的东西，离红尘很远的东西却往往让我们真切地感动，让心中充满温情。

身居闹市，板桥离我们很遥远。遥远的便总让人怀念。板桥是一种意念，它离人生很远却离梦境很近。那是来自古老田园的诱惑和召唤，把都市和乡野连接起来，把古典和现代连接起来，把人生的失意和得意连接起来，甚至生老病死、爱怨悲欢。那是遥远的关于生命的梦痕，那是你偶尔的一声喟叹，流水上的板桥、雪里的板桥，横在我们看不见的远方。在独饮时，在惆怅落寞时，在读一本前人的笔记时，你会忽然想起它，在很远的地方它充满悠远而又迷人的情意。

马致远的小令凡读过书的都会背诵："枯藤老树昏鸦，小桥流水人家，古道西风瘦马。夕阳西下，断肠人在天涯。"许多人都说写得好，说好在以景抒情。尤其"小桥流水人家"六字，几乎便成为写江南田园景观的绝唱。根据我的经验，这首小令其实写尽了一种阔大苍茫的无望的乡愁。身在旅途，天色向晚，正欲驻足，蓦然见眼前板桥横溪上，桥边是陌生的不知姓名的某个人家。心中陡然生出不知身在何处的痛切伤感，想起故乡正隔万水千山，难免茫然惶惑，惆怅莫名。对了斜阳下孑然身影，伫立桥上，真要"双袖龙钟泪阑干"了。

马致远的小令是绝响，是关于板桥上的乡愁的绝响。

乡愁是中国文化最深厚也最动人的一部分，甚至可以说是中国文化的根。倘若没有乡愁，就构建不出中国的人文——至多是一种残缺的人文。而板桥，作为文化人（尤其是旧式乡村才子）乡愁最典型的象征物，它的意义远远超过了这种象征意味的本身。它是乡愁，同样是一种久远的具有不衰魅力的文化。许多时候，甚至是一种生命的召唤。文化的背景总是充满诱惑力的田园，城市或众生的背景也是田园。多少年来，我们置身喧嚣的都市，忙碌于生计，烦忧于得失，城市仿佛是美丽陷阱，也仿佛是一座冲不出去的心的围城，把我们的肉体和灵魂与田园文化分隔开来，我们的情感和血脉里流淌的已是与文化相去甚远的东西。我们失去了那种“泛乡愁”的意识，失去了根的意识，失去了对于文化的热衷。遗忘了那种滋补身心的宁静悠远，遗忘了不该遗忘的一切。我们遗忘了郑板桥。郑板桥是从名利场冲出去的智者，而我们只记住了他的“难得糊涂”。我们进入不了郑板桥的境界，却很轻易地背叛了我们自己创造并曾钟情的文化。这是不是也算一种悲哀？

马致远、温庭筠、郑板桥，已在这个星球上消失了许多年，但他们却把板桥上的乡愁留在了我们的书本和血脉里；田园已遥不可及，板桥又在哪里呢？钢筋水泥的罅隙间产生的另一种乡愁，正如一阵微风，在城市的上空悄然掠过。

怀念是一种情感，更多的时候是一种智慧；板桥是一种氛围，更是一种逝去。

寒　鸟

冷而犀利的风刮过天空。云层仿佛越积越厚的冰凌，凝重、灰暗，无有涯际。

土地里微微的暖气被树尖草梢的冰凌冻住，就如冻住一个季节。

一声叹息，起自渺远的空中。也许那不是叹息，是鸟翅划动空气时疲累的声音。

是啊，那翅声仿佛是一声叹息，从灰暗的寒空滑落。一只鸟从远处现出飞的轮廓，如一片瑟瑟发抖的枯叶。一只鸟，又一只鸟……渐渐越聚越多，翅声越来越沉，不知名的小鸟，在天空密密地集结在一起，被风狂暴地推拥着、撕扯着，不辨东西。它们是一群疲累而且饥寒的鸟，漂泊在无路的天空，或停落在冰冷的大地。野草上一粒草籽或土地里冻住的一枚麦穗，都被空中饥饿的眼睛无限放大。

天空模糊了鸟影，风声湮没了鸟声。当高楼某个窗口的某个人偶然望见几乎遮住了半个天空的鸟群，蓦地吃了一惊：怎么会有这么多流浪的鸟啊，它们能到哪里去呢？

那么多的鸟，一阵阵地起落，鼓起勇气飞行。远处是结冰的河流，近处是白皑皑的丛林，天地之间只有风声。它们曾经飞过了流沙一样多的日子，飞过了树叶一样多的城镇和村舍。大地上没有巢，飞不动了，找一片树林和浅冈停落，互相挨挤着度过寒冷的黑夜。但树林外，是网罟；浅冈下，是猎枪。它们或许能挺过饥寒，但往往逃不出陷阱。

谁也不知道它们从哪里来，我想有一些鸟儿，一定来自老家的某片某垛或炊烟下的屋顶。而此时，它们在寂寞中飞行。冰雪满途时寻找温暖，饥饿时寻找食物，它们是寒鸟，翅膀在天地间划出坚忍——也曾优雅地飞翔，快乐地追逐着花朵和流云。它们的啼鸣曾经是世间最悦耳的乐音。

南方，北方，寒冰如铁，雪满山川。那是大片大片的寒鸟！像灰暗的云被大风吹散又聚拢。它们分散时，让人几乎忽视了它们的存在；聚拢时，人们感到了震惊。一些最羸弱的小鸟不断坠落，一些孤单的鸟不断地加入队伍，它们从不同的草丛和丘冈顽强地飞上半空。那是生的阵容，或许也是死的队列。如是生便是最壮丽的生，如是死便是最悲壮的死。

遮住了半个天空，起落抑扬的鸟群啊，大地白茫茫真干净。分散了抑或才有存活的希望，但那是寂寞的生吧？鸟的生存法则和人的生存法则是如此不同。

读懂鸟的，只有天空。但大地被冻住的时候，天空也被冻住了，冻不住的只有翅膀。

会有花朵在遥远的地方开放，会有丰收在饥寒之后闪烁金黄。在视线里渐行渐远的寒鸟啊，传说在天的那边，每棵根芽都能长出一个春天。

山之聲

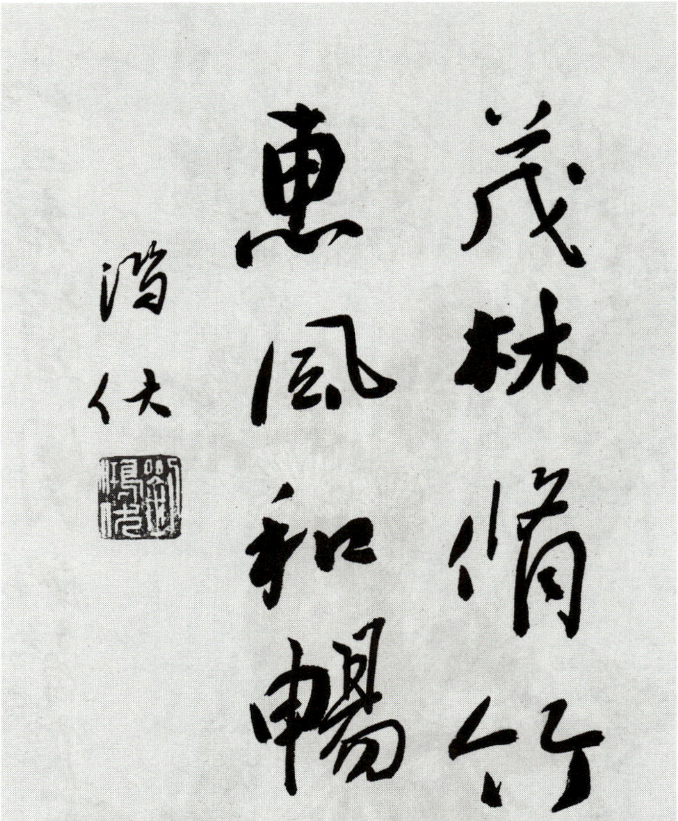
茂林脩竹
惠風和暢

菊蟹图
古文人雅士
以秋为兴
赏菊饮酒
喫螃蟹如
晋人陶潜
东篱采菊
悠然南山也
世上雅乐尔
庚子鸿伏夫子

清歡圖

鴻伏

白菜蘿卜都為生活日常必需富貴固然山珍海味但人間至味是清歡

鴻伏又記

平原上的鸟巢

驾车经过北方的平原，很少看见山或河流，坦荡如砥，像一张大纸，那么舒展地铺开在淡灰色的天穹下，一点阻隔也没有，一点起伏也没有，你在感受它阔大沉静的同时，也感受到一种无奈的况味。道路又直又宽，比南方的好走，但很快的，你的双眼会因为缺少新的刺激而疲惫，在平原的落日下打一个盹，还会梦见家乡。南方人的眼睛习惯了阻隔、曲折、色彩和惊奇，他们从这些阻隔、曲折、色彩与惊奇中会变得神采飞扬。烟雨落花里的南方是散文和诗，北方如一篇无头无尾的论文。

懒懒地驾着车，闲闲地抽着烟，从安阳南阳信阳，一路走走停停，心情时好时坏。在没有平仄凹凸且线条模糊的大平原上，只有岁月里不动声色的连绵不断的屋舍，让它有了一种视觉上的跌宕。浑然一体的平原，浑然一体的人间城廓。曛风刮过，油黑的土地上掀起一茬又一茬绿浪，弄不清那是些什么作物。除了大块大块的绿，大平原居然不着一点色彩，让人好生懊恼。

忽然想起有许多史书记载过这些平原。

它们仿佛是纸上的故乡。

纸上的明月照着冷兵器时代的一桩桩史实，照着陌生的淡得像烟又像雾的人和事，风一样从眼前飘过。

沃野千里。一切生长的节律在天地间惬意地响起，盈耳是生命的乐音。

看不见的泥土深处，根须正在织着一张硕大无朋的网。古今都在这张网里。生死爱恨都在这张网里。但是这一张强悍的大网，是织在早春的泥土下，也织在沧桑里的。

驾车，在浑融的平原上经过。感受露珠、草叶和泥土的气息，心绪低回。默想流云在天际，花朵在枝头，箫声在月下，故人在天涯。人和车只是一种符号，在浑融的平原和浑融的静穆中，一如某卷哲学书的一个标点和眉批。天地如拱。我心悠悠。

蓦然，一种景象让旅人疲惫的双眼一亮。

那是一个悬在树梢的硕大的鸟巢。

是的，鸟巢就那么突兀地出现在视野，而且，高高地悬浮在不远处那株千年老树上，没有一片叶子，也没有一个花苞将它遮拦。

看到它的一刹那，忽然有了一种想哭的感觉。平原上的鸟巢，鸟巢下飘着炊烟的瓦屋，仿佛阔别已久的故乡的景象。

平原上是大树，大树上是鸟巢，鸟巢下是炊烟。一株大树连着又一株大树，一个鸟巢连着又一个鸟巢，仿佛是一个奇迹。这个发现，让人有了意外的惊喜。

绵延不绝的大树，用它们虬曲交错的枝柯，捧护着平原的精灵。不知道苍茫的大平原上为什么会有这么多鸟巢，十里、百里、千里，鸟巢，大树；大树，鸟巢……鸟巢如大平原鲜活的诗眼。

鸟巢是单调得让人懊恼的大平原突然奉上的惊喜。抑扬飞鸣的鸟，美羽的鸟，在流云上音符一样滑动的鸟，无有牵挂无有忧烦的鸟，在红尘世界悠游自在的鸟，把巢结在天与地之间，结在人类不可企及的所在。当人类一次次把爱抚的目光投向那些鸟巢时，心里便有了无来由的快乐和感动。

家是人在大地上筑的巢，一个连一个，万家烟火就是千万个温馨的小巢。天地如巢，人在巢中，只有鸟在巢外，月在巢外，往事在巢外。

懒懒地驾车在北方的平原上经过，向车窗外呵一口长气，凝成一团早春的嫩绿，落在油黑的平原的泥土上。怀着愉悦，用目光轻抚大树上那绵延不绝的美丽的鸟巢，让人生一种感喟：生生不息的无处不在的生命，正在春的原野排列幸福的阵容，仿佛一根万古不灭的长链。

凝望田园

很久以前读林语堂先生《吾土吾民》，很惊讶于他对中国田园文化的独到领悟。他把我们民族那种新奇的、超自然的非凡活力，归结于人与自然合一的思想力量：“宁愿生活在旷野，晒晒太阳，观赏夕阳的余晖，触摸清晨甘露，吸收干草和湿润大地的芳香；从自己的诗歌（生活习惯的诗歌和写在纸上的诗歌）中，学会了如何使自己的灵魂——呜呼！那个经常受伤的灵魂——振作起来。”我不知道一代代人繁衍生息下来是否真的与这片黑土地所具有的那种清新旷达与生意盎然有内在关联，但我却清楚“田园”这两个字在我们的思想情感与文化积淀中的特殊意蕴。

在读过大量中国古典的哲学和诗文之后，我便很深切地感觉到那种眷恋田园的情绪是如何牢固地将人的情感、智慧和理想纳入一片宁静和平的境界中去，从而让有着共同传统文化的人们一次次神往和感动。倘若认为这是哲学和诗歌的力量，倒不如说是宁静美好的田园的吸力。田园是一个磁场，我们一生在引力里跋涉，跋涉得好疲惫好忧伤。田园，是可以让我们进入魂天归一之境的。

想起田园，我们的思想中便会很自然地呈现出小桥流水、村舍牛羊，以及鹧鸪水车，还有渔樵互答的种种情景。那是一种悠远、宁静、温柔的感觉。在这种感觉中我们便设想自己是那生活的一分子，因而便有灵悟，便有诗酒，心中便生了一种超脱、平和的愉悦。人们往往忽略了黑土地另一层实质性的内涵，那就是由旱涝、瘟疫、蝗虫和战争所沉淀下来的苦难。我们把田园想象成自己设计的模式，只有牧歌，只有悠远平和，那是因为我们的心灵需要有一片净土来抚慰，我们的生命和心灵与这片土地是如此紧紧地联结一起，总是从田园走出来又想回到田园中去，那种深刻的眷恋心情所涵括的种种人生滋味，没有谁能表达。在失意、漂泊，在老病忧患、死生契阔之际，在我们情感的最深处总很远地涌来“关山”“明月”“乡音”这类字眼，遗憾中便有了温暖和亲切。这是渴爱自然吗？或许在这个意义上还掩藏着别的什么？只有饱经沧桑的心才能体会。

我们不会忘记《诗经》中的“国风”来自田野村谣俚谚，也不会忽略老庄思想中“归隐”与“出世”，这或许应归结到对理想田园生活的痴迷。迷恋田园，有这么深的哲学意味与人生意味，是我们始料不及的。此时，我想起居住在大都市中的人们原本都来自某片田野，因此我们在喧嚣拥挤中便时时升起一种田园心情。中国的科举使一代代的乡村才子踏上仕途，进入都市，并在我们的文化遗留中融入田园牧歌情感的精髓，这种影响，早已深入我们的血脉之中。陶潜是田园生活和田园诗歌的最有力的倡导者和实践者，他的桃花源式的生活理想，他的“采菊东篱下，悠然见南山”和“荷锄带月”的怡然与悠闲，令人神往。在一片稻麦青青、炊烟袅袅的田园里耕作、饮酒、读书，那当然是一种极美好的事。在田园以外的世界历经了种种忧患不平与挫折之后，蓦然想起应该归去，把情感与思想都寄托到田头垄上与山水明月之中，是一种觉悟，也是一种解脱，而人，是常常需要觉悟与解脱的。忽然想起十年前自己居住的村庄。那是很古典的南方田园式样。房子是木板房，桥是石拱桥，极精巧地卧听一泓溪声；那纵横的阡陌印满了牛蹄印，田野弥漫着青草的气息。而那些常常“带月荷锄归”的乡亲是不会有心情去欣赏江岸上的明月以及月色里众多的山影与山影中传出的猫头鹰的啼声的，他们只知道很平静地生活着，没有人会写诗，没有人会写对联，但却嗜酒。在禾场上摆一碟苦瓜、空心菜，一壶米酒，就可以沉醉整整一个黄昏。这是我所生活过的田园，于今想起，便很遥远，梦幻一般了。记得与我相识的一位新派诗人，某日忽然写了一首田园诗，中有“村姑”“寡妇”“茅屋”字眼，并竭力想从这三者之间发现一点可供遐想的浪漫来。他告诉我，都市的生活太压抑太虚伪，内心很孤独也很累，只想归隐山林呢。其时我便想，这位新派诗人其实并不真爱田园，他只在失意和颓废时才想到它。内心闲适与宁静的人才会真正和纯净的田园牧歌默契，这无疑是一种与内在情感有关的境界。眷恋田园正如眷恋这世上一切美好的人和事一样，需一份极真诚淳朴的爱心。现代的所谓乡土诗人，往往将村舍放在树叶或麦穗上，仿佛村舍只是露珠一类的东西，却不知道田野上的村舍是何等古老沉重。

人往往只有在贴近自然的时候，可以获得一种无形的信心和勇气。我们之于田野，正如土地之于安泰。那麦浪起伏、菜花吐香的沉沉黑土和岁月里静穆如画的村庄，给我们以哲学和诗歌，也给我们伤感或美好的心情。我们离不开粮食，因而也离不开土地，这或许也是我们的命运与情感最易与田园切入的焦点所在。我们曾一次次从土地上迁徙，漂泊他乡，想看看田园以外的世界是什么样子，但我们每次都在异乡的屋檐下流泪，并把异乡的月亮认作故乡的那一轮。我们便在感觉中永远也走不出故乡的村舍，而徒添如芳草如雨烟的乡愁。在这个意义上，我们便有了许多怀念故国田园的诗歌。“乡音无改鬓毛衰”是，“每逢佳节倍思亲”是，余光中《乡愁》更是。离开故园的人便常常被这种浩瀚、稠黏的浓烈乡情诗句所包围、感染，由是，在心中次第呈现芭蕉夜雨、明月青山、垄头荷锄、茅舍吟诗和种种，让寂寞的心感觉那一份温馨和怡静。生命方始有了活力，复苏起原本凋谢的希望之花。而田园，永远在很远的地方，散发出生命最初的气息，让我们无端地感动。

记得郑板桥曾给他的胞弟写过一封家书，表达老迈后的愿望，其中云：“若得制钱五十千，便可买地一大段，他日结茅有在矣。吾意欲筑一土墙院子，门内多栽竹树草花，用碎砖铺曲径一条，以达二门。其内茅屋二间，一间坐客，一间作房，贮图书史籍笔墨砚瓦酒董茶具其中……清晨日尚未出，望东海一片红霞，薄暮斜阳满树。立院中高处，便见烟水平桥。家中宴客，墙外人亦望见灯火。”郑板桥的这种理想是建立在对田园诗一般的情感上的，大抵我们每个人多少都有过这种愿望，这种愿望，或许就是深藏在我们心灵深处的田园情结。有了这种愿望，我们往往可以超脱悲苦，使心灵得到升华。许多时候，我们可以向乡间小径朵朵雪白的百合要亲切要温柔，向小桥茅屋要闲适要静远。面对“鸡声茅店月”想象离愁，面对牧童短笛想起往事。总之，田园在我们的感觉中，任何时候都笼罩着一种近乎忧伤的诗意。它是肉体的归宿，也是灵魂的归宿。

我们是如此执着地眷恋母亲一样眷恋田园那布满草垛和月光的村落，那弥漫着庄稼成熟气味的田垄，那河岸上的水车和歌谣，还有那泥土中凋谢的生命……有些苍老却风韵犹存的田园，或许只是应该装在心里的，影子一样伴我们生命的旅程。此时，我坐在城市十二层楼的窗下，蓦然想起陶潜、郑板桥俱作了尘土，只余那些诗句，只余明月照着的幽静的田园，惹人情愫。

凝望田园，凝望美丽却饱经沧桑的田园，很想下辈子变一只鸟，选一枝花树或者明月下的哪个屋顶，就那么安详地敛翅栖息，无欲无悔。

读书的心情

烦恼时读书，书便如一把梳子，把你从头到脚浑身梳理一次，在一种麻麻痒痒之中，心情就好起来，渐渐就进了忘忧之境，忘了面对的烦恼，进入书中铺陈构织的风景里去。所以书是可以助人遗忘眼前的不快和逆境，使人获得抚慰（一种来自前人的慈爱的轻抚），获得梳理之效的。人生需要常常梳理，人的心情更需在读书的忘忧中得到一种超脱，否则，人的心情往往难得平衡与平和。人的烦恼总是来自现实生活，而作为高于生活的书本，它是可以将人的灵魂提升到一定高度的。书可以将你的心境与现实用一道智慧抑或超常美丽的篱笆隔开，是一种缓冲，更是一种无声的温暖的安抚，抚平心上的皱褶。

落寞时读书，便如面对一位不期而遇的故人。最好是冷寒的冬天，窗外雪满草树，无酒无客人，心情无聊到极限，便随便从书架上抽一本书来读读，最好读的是野史或浪漫又带点伤感的东西，当然那些明清的笔记也好，蒲松龄的故事也顶好。喝着有些苦味的绿茶，一个人袖了手，把书摊开在小几上，看一页，用手指拈一页，一页页翻过去，渐渐就忘形，就要读出声来，或者就自己以掌击案，口里喊一个“好！”字。陶陶然如对久别知交，不知不觉间窗外雪已无声，偶尔抬起眼睛赏一下雪景，心从书里游离出来，想起一些关于雪的诗句，心情便很愉快，甚至有些兴奋，免不了在摊开的书页的空白处，写下首打油的咏雪诗，诗曰：“天地一笼统，井上黑窟窿；黑狗身上白，白狗身上肿。”并在诗旁留一行感叹：“若以野趣与气韵生动论之，张打油的诗为千古第一等咏雪诗也，文人墨客之咏，较之张打油，未免有做作之嫌。”雪天读书，书是故人，心情先是落寞无聊，不久就沉醉忘形，岂不快哉？

失意时读书，书便是一剂疗治心病的好药。一个人难免因得失揪心，难免失意时多而快活得意时少。我从来就不相信除了和尚或智慧家之外的凡夫俗子真的能摆脱得失二字。何况人生天地间，大抵不愿做平庸之人，不愿平庸，心中就占了得失两字。失意太多，就有了心绞痛，治心绞痛，只有两味药：一是忽然就得了意；二是全身心沉醉在书中。选一些轻松的书或情节极佳的小说，当然也可以读点庄子或蔡志忠的漫画。读着读着，渐开三境：第一种境就是达到忘形，忘形就可以忘得失；第二种境就是从书中忽然悟出一些关于人生的哲理，对得失二字蓦然有了新的见解，此时心下便释然，轻轻松松，如卸重负，有一种豁然开朗之感；第三种境就是从书中找到与自身相类的人物际遇，然后看他是如何面对失意的现实，从中便可以学得反败为胜的本领。总之，书是疗心之药，是完全可以让失意的人生重新焕发出勇气和力量的，也是可以让你明了如何超越那份凡俗的痛苦，而升华灵魂的。名人说书籍是人类前行的金杖，这恐怕是不假的。

在高兴愉快时读书，书便如锦上之花、春天时的风、樽中的酒、筝中的雅曲。愉快是人类的美酒，滋养人的成分很高，于身心大有裨益，而在愉悦高兴中读书，更有扶强补弱之功。最好寻一本归有光的文集来读读，读几篇他的哀情文字，你在高兴时读到它们，心情激动难抑，正如一川江流，忽遇大石横空，难免浪花飞扬，作噌闳大响，所以对那份悲凉就有一种往日绝无的感受与震撼，忽然就对人生有了一种穿透或贯通感。当然也可以读沈复的《浮生六记》或一些关于秋天的古画，都带点悲凉，带点人生况味，但因为你的心情原是很愉快的，所以绝不会同在悲哀时读它们一样，心情会由愉快兴奋转向平和宁静，宁静是可以致远的。快乐地读哀情之书，是读书人至佳之境，正如豪宴之上忽遇一味平日想吃而吃不到的家乡小菜，所有的滋味都齐全了。悲苦之间，便有悟道的可能。

读书人不可不读书。读书是有瘾的，正如烟瘾或酒瘾一样。不爱书的人以读书为苦，爱书的人以读书为乐，人有不同，境界有异。有了瘾，就不可一日或缺，缺则惚惚若有所失，如嗜酒者缺酒喝，嗜烟者缺烟抽，那种烦恼，或许不亚于仕途忽然受挫，买卖忽然亏本，这种体会，不足为外人道。有时也有厌倦之感，仿佛食肉过多难免腻味一样；有时忽觉天下之书已罕有可读者，叹满世界竟未出一本好书来；有时见别人的书室四壁皆书，心中很不以为然，并不觉得架上书多，腹中果就学富五车。凡此种种，是读书中常出现的心理风景，过后就“柳暗花明又一村”，还是照样手不释卷，照样把眼睛读成“红灯笼”，照样在读书中读出种种应有尽有的心情来。

牧童不知何处去

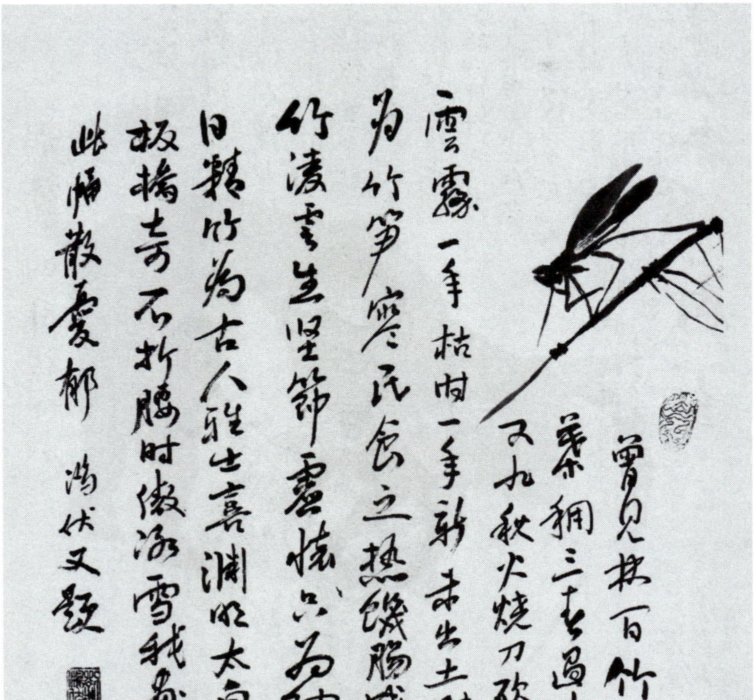
曾见拱百竹
叶稠三春过去
又九秋火烧刀砍和
云雾一手枯时一手新未出土时
为竹笋寒民食立热馋肠成
竹凌云生坚节虚怀只为纳
日精竹为古人雅士喜渊明太白
板桥幸不折腰时傲冰雪我画
此幅散发郁 鸿伏又题

蚂蚁洞的闰瞎子叔

蚂蚁洞会弹月琴的闰瞎子叔叔经常走村穿巷给人弹琴有时还会用嘶哑的嗓子唱几段曲儿唱的故事好多是他即兴编的有些些是三国水浒里的。村村巷巷的大人小孩男人女人都喜欢听他弹月琴唱曲子，闰瞎子叔叔的琴和曲儿是苦难饥荒里惟一让人感到快活感到有回味的东西，跟过年时的肉一样所以闰瞎子叔叔是四乡八镇最受欢迎的人

鸿伏画

凝　固

有人说这北方大河是一条黄色的龙，也有人说那只是一道很深很长的伤口。古老的羊皮筏子，漂浮在太阳和月亮之间，一生，也难横渡那一派苍茫。当浑黄的激流收束、碎裂成雷霆——骇然坠落壶口，天空在摇晃，时空碎屑纷纷。（一匹奔马，误落瀑布，瞬间便只剩下森然的骨架）

但此时，这条大河却被骤然冻僵，通体透明。它每块冰凌都印着鱼和鹰的眼神。而壶口瀑布每一道翻滚而下的惊涛都被凝固在空中，凝固并且静默无声。

是怎样的严寒将咆哮奔腾的巨浪冻成坚冰？

我凝望着忽然沉寂下来的琉璃世界，感知一种叫寒冷的东西，正用它的无形凝固一切的有形。咆哮的已然静默，奔流的已然静止。大河凝固了，天和地凝固了，古和今凝固了，有生与无生凝固了。当一切都凝固了的时候，天上的星辰熄灭了，时间荒芜了。

我看见飞鸟的翅膀被冻住，地下的根芽被冻住，所有水族和陆地生物被冻住。一切声响都密封了，一切的色彩都改变了。一切脏和丑的东西都覆盖了。单一却姿态万千的洁白，让世界立体地透明。

但在一片惊呼声中，一条连接大河与苍穹的彩虹出现了。

七种色彩，浑融一体，仿佛无法企及的虚无，又似造物主真切的神启。彩虹是这洁白的凝固里一道美丽的眉批吗？

凝固，将一切有形的定格，将一切无形的定形。也许，静止和静默才是这世界另一种结构的诠释。

有一只由南而北的大鸟，穿过皑皑冰瀑，飞向通体透明的大河。它翅膀上折射出的一缕阳光，透出金属的硬度。

境　界

此时，我就这样静静地坐在星月照耀的河岸，独自领受这一份静穆悠远的心境，与那些花朵、树木和岩石一起呼吸这夜的芬芳。不远处那急管繁弦般的涛声和悬浮在星月隙罅间的静止的桨橹，构成动静相谐的氛围将生命与智慧谱成乐曲，正如美丽或苦难将青春岁月谱成乐曲一样，令人战栗地愉悦。我知道，这就是境界了，所有的境界都须心灵默默地体验。

因此我想起，在人的一生中，有许许多多的境界，都如此令人难以忘怀。

比如童年。在那些金黄色的草垛上，我们仰望那轮美丽苍凉的月晕，想象它是一个古老而神秘的巨大的圆，我们的歌谣绕着它飞翔。那时我们想不出山外世界的模样，却可以一次次谛听田埂那边猫头鹰由远而近的啼声，却可以一次次设想未来。那时候，我们不知道什么叫境界，于今知道了，童年金色的岁月却已不再，因此我们便遗憾，而遗憾也是一种境界。

人生境界是如此美丽，正如花朵、虹及星辰，即使遗憾，我们也一样热爱生命；即使苦难，我们也深深眷恋这世界。因为有遗憾，我们才追求完美；因为有苦难，我们才珍惜这有限的年华。面对烟雨落花的美丽的春，面对热烈的绿叶纷披的夏，面对果实累累的宁静的秋，面对雪花覆盖河岸和草木的纯净的冬，我们怀着一种感激，无言地体验那种超越平凡与生死的无极之境。

遗憾和孤独是一种境界，苦难和欢愉是一种境界，美是一种境界。在我们的青春岁月中，境界呈现出如此深刻而丰富的姿容，牵动心潮。为追求人生的深刻我们可以经受磨难；为寻求完美的答案我们可以蒙受猜疑；为求得心灵的沟通我们忍受孤独和误会；为爱，为希望，我们可以历尽苦难而甘之如饴，这是境界，它将我们的生命演绎得如此跌宕有致。

在这样的夜晚，这样静美的河岸，我想起一位画家朋友，他创造的艺术迷醉了众生，而他却一无所有；但他活得很幸福，他告诉我，这就是境界，而且是他所独有的。我想起一位作曲家，他创作了许多名曲，却只得到极少的报酬，而且早逝，但我想，他的生命正如不朽的乐章弥漫在月色之中，这也是一种境界。

境界其实只属于敏感的心灵，它是一种存在，但更多的是一种体验，它被人创造，亦创造人生。无论平凡、超卓，无论一帆风顺或坎坷，境界有如月光、花香以及清新的空气，一路相随在人生的旅途中。

此时，我就坐在涛声阵阵的河岸，头顶星月的光辉正闪烁如乐章，我的心，渐渐变得透明，仿佛融入那片乳白的光流里去。天籁和声正把我演奏成一节透明的音符，我感受到世界离我很近，仿佛伸手可及，我是如此深爱这世界，她让我痴迷，也让我心宁静。我知道，此时也是一种境界，而且在一生中可遇不可求。永恒的一切事物，美好的一切事物，如此令我眷恋。

笕 记

笕是另类生存环境的标志。它只属于遥远而深密的山乡，以及山乡平常却奇异的人与事。笕是山乡的血管，枝枝丫丫、宛宛曲曲地从山上伸延到村庄的每家屋檐下，在水声和鸟声、花影和云影中将自然造化与人间烟火连接，将不变的岁月与变幻的人生连接。所以笕这种东西，实在是很难让人忘记的。

居住在山区的人，筑屋必依山傍水，取其烧柴、担水的便利，也就是所谓的“柴方水便”。况且，水边山脚，土地肥沃，灌溉方便；而且山水灵异，环境优美，符合风水学原理。因此，城里人往往一到乡下就会惊讶于乡间村落如丛生的蘑菇都依偎在山之麓、河之滨，炊烟袅荡，鸡犬相闻，不由得要生出几分感喟和羡慕。城里人从乡居的瓦屋炊烟间发现诗意，山里人在瓦屋阡陌间寻求生计，两种心情，却是一般人生。

在水边山脚这些瓦屋茅檐下，除了少数有财力者自掘水井之外，一般人家都以木桶从河边担水回家供人畜饮用。多少年过去了，河边晨雾与暮霭中，汲水的男女打情骂俏这一道古老的风景重复演绎，平添了些许生存的乐趣。但挑水毕竟是一件很费力的苦活，家里没有壮年男子，一般就面临吃水的难题。加上后来河水水质变坏，污染严重，已很难直接饮用。故此，下河挑水的人便日见其少。但在村外月色里，却依然如当年一样响着村姑村妇们的杵声和嬉笑声。

河水既难以直接饮用，当然就不能不另想法子解决。乡人的智慧，最终就体现在“笕”上了。

很显然，笕与竹子有关。在山区常见的笕，都是用很粗壮的楠竹制成。乡人将大竹剖成两半，再用锋利的板凿打通竹节，使之平滑无碍。然后，在山上找一眼极好的泉水，最好是岩隙中汩汩涌出且终年不断的“岩浆水”。这种“岩浆水”出自岩石之中，水质清冽甘甜，冬则暖，夏则凉。煮菜烹茶，味道远胜城里人享用的矿泉水。找到了上佳的泉眼之后，乡人便将剖开了的大竹一端埋入岩石下，引接泉水。如泉水离家近，则大竹三五根相接即可引水入厨房水瓮中，如城里自来水一样，极其便利。但有那水源甚远的，则需十数根大竹相接，长达数里的竹笕，穿岩过林而来，很是壮观。但这种长笕，中途容易在接口处脱落，让泉水漏掉。而且水源也容易被污染，夏夜长虫洗澡，春日山蛙栖伏，秋天树叶堵塞。乡人为了解决这些问题，就想出了将整竹挖通的办法，将整竹内节打通，再一根根连接固定好，如大水管一般从泉眼处连绵延伸至屋檐下，泉水哗哗泄出，冒着凉气，成为山村中独有的景致。

竹有清香，且可千年不腐，如秦汉的简牍历经漫长岁月而坚实如新。山间竹笕接引泉水既很卫生，又能保持原有水质和味道，就地取材，不需花费钱财。家家竹笕，户户泉声，清凉岁月在雁声虹影中缓缓流逝。

很长一段时间，城里人是瞧不起乡里人的，城里人有物质上和心理上的优越性。但于今却有些变化，城里人很有些向往乡村的生活和生存状态了。山村的青山绿水、草地丛林以及瓦舍板桥，呈现出一种平和安谧的诗意，空气清新，氧气充盈，菜蔬没有公害，鸡是土鸡，鸭是土鸭，味道绝对比城里的好。总之，乡村在城里人看来，是极有利于身体健康、有利于长寿的。城里人既已厌恶了污浊的空气和喧嚣的市声，便对乡里的一切有了前所未有的兴趣。先是一批人到乡下筑了乡间别墅，有人还办了农庄；后来就发展到大批城里人在双休日或假日挈妻携子、呼朋唤友到乡间休闲，到“农家乐”吃土菜。再到后来，便成了时尚，农舍田园之间，汹涌起绿裙红裤，让人疑惑这些候鸟一样匆匆来去的城里人在吃了土菜，吸足了乡间氧气之后，是否真的就体健心舒了。

但有一点是可以肯定的，城里人特别留意和在乎的，还是山间蜿蜒而来的那些响着泉声的竹笕。他们饮过之后，发觉比自家的纯净水或矿泉水口感好多了，看着乡里人用这样好的泉水煮饭炒菜、洗衣洗澡、喂鸡喂猪，既羡慕又嫉妒。笕中的甘泉永远如琴音一样响在乡村，不需钱买，正如清新的空气一样。乡里人受了城里人酸溜溜的赞美之后，就会有人说：我们不仅用矿泉水洗澡，还用矿泉水浇灌田地呢。算你们有福气，今天就用矿泉水帮你们洗汽车。城里人第一次对乡间的生活有了新体验，在心里跳出两个字来：奢侈。

矿泉水洗过车之后，城里人就会煞有介事地在竹笕旁留一个影，将照片拿回家告诉孩子：这叫笕，笕就是这个样子。笕是把山上的矿泉水引到农家的一种古老而有趣的竹制水管。孩子当然不屑，说：好土！

一枕落花香

如一些美丽的蝴蝶，我用锦囊收留它们，枕我如歌的年华。

我的小小悲欢，只在这枕上——在这些落花上，虽然花朵已不再有昔日的鲜艳和芬芳，我却如此真切地感觉着它们露水中的一如初生婴儿的嘴唇。

这些凋零了的花朵，有多少个晨昏，我一一拾起，轻抚那些粉红、淡黄、紫艳、洁白的生命，如灵盈的蝶，在我掌上颤动。

世界上有些东西仿佛专为我们而存在。枕中的落花，就是一章一节的音乐，欲断还续的歌谣。

在清凉的秋夜，我就着一枕落花，静静体味生命的愉悦与满足。在某一时刻，甚至会泛起一种异样的温情，唤起往事的光辉。

我枕着它们，想着这些被岁月遗弃的精灵，竟为我所钟，不能不说是一种缘分。它们是我从洞庭芦荡收集起来的。在浩渺的水边，洁白的花瓣强烈地诱惑着我，美丽的生命，曾经与洪水野火以及土地上生生不息的力量糅合一起。另一些不知名的野花，热烈地开在烟雨和鹧鸪声里，也曾是带雨的诗和动情的谣曲，在梦中为我托起美丽的江南。

我珍爱落花枕，对于我，不会有另一种东西能够取代它，正如不能取代我生命中永远鲜活的记忆和深情。

流云赋

诗人很随意地指着天上的流云说：瞧，那就是岁月的形状呢。我便怔了一怔，想象岁月应该是一种什么样子。岁月真的如流云的形状么？并且也如它的变幻、漂泊或者凝重？我站在阳台上，首先想到的却是那天上的云，倒和人的心情相似呢，人一定是有流云的心情的。望着蓝莹莹苍穹中几种舒舒展展、散散漫漫的流云，我的心便成了一种有翅膀的灵物，扑扑地升上空中去，接近那美丽且闲静的流云，我的心听到了流云在天空散步的声音，那是一种怎样轻柔并且飘逸的声音呵，记得有一位很多情的女人曾在仰望云朵时说，那是神仙的居所呢。云是神仙的居所，为什么不是人心的居所呢？人的肉体寄寓在无穷尽的宁静的岁月中，正如鸟儿居住在温馨的巢中一样。

天上的流云那样盈盈地浮移在蓝得透明的岁月中，仿佛花朵飘于暮暮的斜风。天空也应该有四个季节吧，此时有流云的天空就如春水。

但是云朵也并不总是那么闲静轻柔呢，正如岁月有时也并不宁静一样。

起风了，风从树梢和自然的每个孔窍来，风是天地在深呼吸。庄子说过，这是自然的箫声。风充盈宇宙的时候，便有乐音充塞了人的内心——起风了，天空渐渐失了莹莹的蓝色，转瞬便灰蒙蒙的了，鸟儿的翅膀匆匆划过天空，仿佛桨划过沉静的水面，没有一点印痕。起风了，流云到哪里去了呢？天空的四角已塞满了厚如层峦的灰云了。

厚如层峦的灰色云层，很沉重地从天空压迫下来，我的心如惊鸟般从空中坠落，直回落到原来的躯壳，它才安稳。云层开始翻翻滚滚，开始奔突起来，恍如拥挤的冰山在海面突围。风啸叫着刀子一样刮过天空，鞭打着巨大的云块，天地间充满刺耳的噪声。

云，凝重、翻滚、冲突，永不止息的一种搏斗，在苍茫的天穹。

人仰望云层，心里感觉着了压迫，便想起，这堆在天空中的有形的物体应该是从哪里来的呢？当人从地上借助外物升上天空并且就穿行在凝结的云层中时，怎么总有犁头犁开板结土层的痛苦感呢？人与高高在上的云层平行了，但人却失去了重心，而且没有了仰望时的轻松，没有了仰望天空流云的心情。云在俯望大地时人也在俯望大地，但云的俯望是无心的，而人的俯望却总有一种忧伤，那仅仅是离开了故园的忧伤么。

灰蒙蒙的浓云滚动着，夹裹着一场豪雨或者纷飞的大雪。云是制造雨和大雪并且倾泄灾难的母体，它就那么亘古不变地膨胀在宇宙之中，让人类感觉着压迫，正如苦难岁月给人的压迫一样。

可是满天空的云层毕竟不久就消散了，天空如洗净的蓝玻璃。

流云，一缕缕的流云仿佛白鹤，那么款款地不知不觉地出现在天空某处，依然悠闲和毫不经意的样子，让人相信天空什么也没有发生过。但是那流云却在太阳的照射下变幻着颜色，让人感觉着它的不安定。云的聚与散，消与长，让人感觉着它的变幻。但世界上又有哪一种事物不在变幻之中呢？人的心情又有哪一刻不在变幻之中呢？就是那无穷尽的无形的岁月，不也在你的生命树上写着永不止息的它的变幻么。

流云在变幻着，却也在漂泊着。云是没有归宿的吧？天空或许就是它的归宿？云是没有故乡的吧，岁月结的巢又在哪里呢？

仰望着天空飘行不定的云朵，看月光和星光照得它皎洁，它就那么无悔无怨地浮动在我们的村舍、田园和青山上，漂泊在碧玉一样的天空和天空下绿得辽远的草原上。它只是一个如你一样的游子呢。

那么岁月不也是一个如你一样的游子么。看不见的岁月却也是漂泊的，它在每个人的身上最多只停那么一小会儿，但人却不是它的归巢，因为人也是岁月中的游子呵。

生生不息的云朵、生生不息的岁月中的人的心情，仿佛都只是这宇宙间的一种乐音，这乐音却是风创造的。一切不都在随风而去么，随风而来么。只有往事却喜欢像蝴蝶一样静静栖伏在你的心窝，但往事也只是这宇宙间一缕微妙的乐音，仿佛一声禅定的钟磬呢。

站在阳台上看云，与站在河岸或田园看云又有什么差别呢，差别只在人心。洁白的、瑰丽的，轻盈的、凝重的，这只是云的形状，正如人的种种心情，云没有归宿又有何妨呢，人没有归宿又有何妨呢，只要心有了小巢，有小巢并且温暖。有时候我常想，天空的云、人的心情是无穷无尽的，但它们都被岁月笼罩着，岁月的无穷尽又是怎样的无穷尽呢？有时候，心可以是天上的流云，闲静舒展，或者凝重变幻，那么，云朵不也是宇宙的一种心情的表达么，可是谁能理解人的心情或宇宙的心情呢？

那么，云可以是人心与宇宙的一种自然而然的内在呈现，是的，云的方式便是心灵或宇宙变幻的方式。

流云是风在天空写的诗句。

花朵是自然写在季节里的诗句。

人心是生命写在时光里的诗句。

流云、花朵或人心，是岁月的另一种抒情方式。

归　宿

数年前写过一篇叫《红叶斋写意》的随笔，那红叶斋不过是一渔农的渔棚，周围有数棵无名红叶树，秋天一来，那红叶纷纷红得如烟似霞，似一种萧索中的热烈，慰我落寞漂泊的旅人心。那时我总是把自己当成这个城市的过客，属于那种无根无蒂的无产者，也属于那种“叫作游子的植物”。

这种况味，完全是因了没有归宿的缘故，肉体和灵魂都无所依托。而这归宿的具体化，仅是“家”，而“家”的具体化，即是一套二房一厅或三房一厅的房子，在我，在这个城市生活的人们，至少是这么认为。在我漂泊的日子里，我的大部分作品都在一只已很破旧的小皮箱上完成，我当时的“家当”，仅剩几十斤书和几件很劣质的衣物，别无长物，因此，我便想起：从前的红叶斋或许就是我十年浪游的驿站。我那时在凄苦中寻觅着人生的归宿，而归宿又在哪里呢？那时希望有家，以为家才是人生的归依，可于今有了家，却依然向往着漂泊，已知家不是人生旅程的终极目的。漂泊原来是一种生的过程或方式，居家只是这个过程的小结，人生的篇幅与灵魂的篇幅是无有终极的。自然中散淡的禅钟佛鼓，散淡的月影蝉鸣，才是归宿吗？或者，生命原本就没有归宿，归宿只是尘世的苦旅？或者，每个人就是每个人的归宿，每个灵魂就是每个灵魂的依凭？没有归宿或许才是真正的人生吧。

人生的苦役与况味，与天地间浩荡沉雄的雷电风雨陨石大水，都只是一种景观，一种美丽苍凉的景观，这种景观永恒地映现在无穷的岁月中，令人有无限的感喟。

归宿的归宿又是什么？又在哪里呢？宇宙中万物是没有归宿的，它们的归宿就是无穷的宇宙，而宇宙原本就什么也不是，宇宙就是宇宙，谁说得清呢？

鸟的心情

当我的篷船偶尔泊在这芦蒿的浅渚时，那只鸥鸟也正好从青空里飞落在这洲渚的某片岩石上。寂寥的花正颤动在丝竹一般爽然的秋风里，四围显得清寂极了。

抛开书卷，静静地打望那岩石上的鸥鸟，仿佛近在咫尺，却又遥远。看它黑白相间的羽毛在日光影里渐渐舒展开来，用尖喙细细梳理，然后一动不动地栖在岩石上，仿佛睡去。这似乎是一只飞累了的鸟儿，它一定越过了数不清的美丽河山，在风雨抑或月光里孤独地漂泊了许多日子，然后栖止，在这秋风的浅渚？

我也倦了，枕着橹声和水声，枕着半卷书和书上流过的日子。想着自己怎么才能变成一只鸟，那样没有羁绊，潇洒出尘。但我不是鸟，更没有鸟的心情。即使此时凭借了一只小舟，在流水上读书，看风景，片刻得了闲情，却不能不回到红尘中去。而鸟是不会有人的心情的，正如人没有鸟的心情一样。想不清庄子何以有鱼的心情和蝴蝶的心情，要不，怎么会知道鱼的乐趣，并且梦见自己变成了一只蝴蝶呢？此时天空正透出一派莹莹的浅蓝，一片云、一只鸟也没有，远处是对偶工整的层峦叠嶂，河那边的山深处随风送来“叮叮”伐木声，仿佛古典的韵。一切都是如此宁静闲适。只有船底的逝水才略见匆迫。人的心情，最好不要如水的躁嚣，也不必如山的静守，像鸟一样，该飞翔便飞翔，该栖止则栖止，还是顺其自然的好呢。

栖在岩石上的鸥鸟，在浅息之后，终于开始拍打它那大而黑的翅膀，踯躅在金黄的沙洲上。它时而将长脚探进水中，时而用尖喙啄食点什么，十分悠闲惬意的样子。那是一只多么让人羡慕的鸟啊。它虽然一点也不美丽出众，一点也见不出如鹰一般破雾冲云的雄姿，但它却是一只曾越过落叶一样多的日子和沙粒一样多的美丽河山的鸟儿，它倦了时能够小憩，小憩在这世界上任何一个最幽清最静美的所在，并且用不着防备什么忧郁什么，它一点也没有人的种种心情。

但是，鸟儿也应该有鸟儿的心情吧？

我记起十年前居住的村庄，那里是山区，树木很葱茏，鸟儿很多，黄鹂、鹭鸶、斑鸠、鹁鸪、灰雀，镇日跳荡飞鸣在绿枝上，显得很快活。但是，祖母说鹁鸪的叫声是“苦哇，哥哥；苦哇，哥哥”。鹁鸪是一个受嫂子虐待身死的苦妹子变的，它的叫声是诉说很苦的心情呢。后来我发现鹭鸶鸟在明镜般的水田里觅食，常常是形单影只，而且闷闷的不啼不叫，便知道鹭鸶鸟也是一种孤独的鸟儿，那心情也一定很落寞的呢。这种发现渐渐多了，便知道鸟儿们也跟人一样，有各种各样的心情，不单只有悠闲惬意的。

想起这些，心中便多了一份茫然与惆怅。船在水中轻轻晃荡，四围有薄如蝉翼的暮烟升起，一勾眉月已然现在天际，悄悄柔柔地照了这江上的事物。再去打望岩石上的那只鸥鸟时，不知何时它已舍小渚而去，杳无踪影了。我便猜想，那鸥鸟或许就在我仰卧舟中乱想时悄然远引，飞向某个看不见的归宿。那一定是一种很落寞的漂泊吧？或者是一种潇洒出尘的优游？鸟生双翅，当然便只能属于青空，但天上的路又在哪里呢？而人，是有路的，无论水上或是陆地。有路可循的人幸福些呢，还是那无路可循的鸟儿更快乐？

直至我的小舟已离小渚极远了，我还在想，当我打望那鸟儿并且推想它的心情时，那鸟儿也一定打望过我并且也推想过我的心情吧？

而芦苇的江渚，此时已完全淹没在一片梦幻般乳白的星月光辉中了，悄悄的正如一种心情，一种属于人或鸟的心情。

雲水謠
鸿伏

牵牯

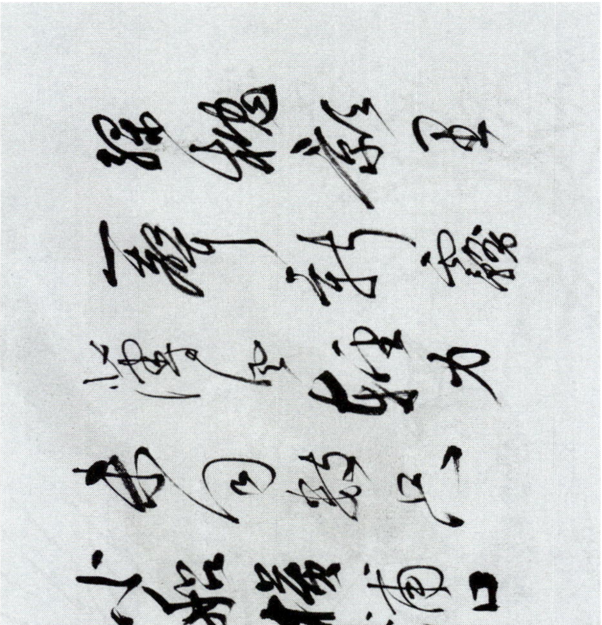

俯仰天地之间

青空里的鸟声

一个人坐着的时候，便常常想，岁月究竟是什么样子的呢？它有颜色吗？如果有，也应该是天空的颜色或者流水的颜色吧，因为那湛蓝的凝止不动的天空和湛蓝的流逝不息的水不正是岁月的特征么？岁月总是那么不动声色地笼罩在我们的头顶；岁月总是那么匆忙地流着，使我们和我们的朋友、父兄在毫不经意间老去。就是老去也罢，但谁能知道岁月究竟是什么样子的呢？我们只看见了它在这世间所留下的印痕，但所有的印痕又都是那么不一样。或许岁月什么也不是，它只是一种属于人的心情，一种让人感到苍凉或快乐的心情。

青空里忽然有鸟声。

先是轻轻的一声、两声，从湿润的空气里流来，渐渐就有了一种密集的音流在凝脂般的天空滑落，仿佛一组美丽的滑音，带着很欢乐的意味。我不知道这声音是一只鸟还是一群鸟发出的，但我可以想象它们飞翔时那种潇洒出尘的样子。它们是从什么地方来又到什么地方去，它们是毫不在意的，它们也不会在意它们的啼声会引起尘世间的感喟，它们很自然地在岁月中优游。鸟与岁月的关系，正如鸟与山、树或流水的关系。诗人在春天到来的时候梦见岁月的树上，花朵一样结满了鸟声，醒来时窗外树上或天空却没有鸟的影子，于是便会悟出有的时候，原来鸟与岁月都是肉眼无法看见的，只存在于人的心中了。人可以喜欢鸟或鸟声，但人却恐惧岁月，因为鸟是有形的欢乐，而且常在人寂寞时出现，岁月却只留下令人感喟的印痕，而这印痕原本不是岁月的形态。有什么东西比时时向我们逼近却看不见的敌手更可怕呢。

但人却可以从鸟声联想到岁月。比方坐在故乡的河岸你听鸟声时，你两鬓已斑，便感觉出了鸟声中那种沧桑意味；而在异乡的某个窗口你听鸟声，你总会想起许久前的一些事情，便感到窗外的鸟声仿佛熟识，时间的距离即刻浓缩。鸟声中的岁月或岁月里的鸟声，随风而去，只余人生中种种心情。

此时，我不知道我是坐在清凉的鸟声里抑或是坐在无边的岁月中，鸟声我听得见，而岁月却在哪里呢？这一抹苍茫心绪，和眉间的“川”字，就是岁月不动声色地给我留下的印痕吗？

南方的院落

想到南方，我心里就很愉快，而且忽然就有了一种很淡的伤感和诗意。我是生长在南方的，生长在落花鸟语、云烟水树之间，并且学会了写诗。但是，置身南方却往往忘了它的美丽，正如许多家居风景名胜之地的人一样，久了，就对美视而不见了，觉得清风明月或小桥流水不过平常物事，一切都是老样子，一切都很平凡。可是若换了外来的旅人，比方一个雅兴不浅的北方人，那就不一样了，他会惊讶于眼前的灵山秀水、村落寺庙，并且立刻就有了诗情，至少能忆起唐宋间许多关于南方的美丽诗文，然后找个有柴扉的野店住下，以寂寞下酒，把一片极苍凉的心放置到篱笆豆棚、古井二胡以及烟雨落花之间，做一次愉快而伤感的漫游，他会蓦然感觉出生命原本是十分美好的，正如这眼前的风物一样。

但北方人最不能忘怀的或许还是南方的院落。他的印象和感觉一定很鲜明——那是最容易引起蕴藏于生命深处的伤感与遐想之所。南方的院落，那几乎就是南方人文景象的缩影，它独具那浓烈的南方韵味，并以最散淡的形式出现于旅人的视野。散淡、随意、浪漫，甚至很平常，但却于这种平静随意中演绎着有关人与岁月、男人与女人、入世与出世，生死老病、喜怒哀乐……这世间应有尽有之事。平常的院落，几乎都有竹篱瓜架，都有灰瓦青砖与一片桃花或杏花，都有鸡犬之声、碾声与舂臼声，有时也于烟雨村舍之间袅出些二胡或短笛的轻音，而院中的少女又必都秀美多情，都喜欢绣着花绷子或在井边汲水。南方的院落，总是很宁静，一切都很随意，一切都在有意与无意之间，一种纯自然状态下的人文景象。而这些寻常的院落中却往往能诞生那种才情盖世、相貌俊雅的才子和细腰明眸的美佳人。才子、佳人，便构成南方院落的最大人文，也构成整个南方的人文内核。美丽的南方，因了层出不穷的才子佳人才平添了一种无尽的雅韵浪漫与潇洒神采，由才子佳人演绎的平平淡淡或生死交缠的故事，又总令人心醉神迷、感慨伤怀莫名。才子为佳人的美丽多情而魂飞梦绕，吟出无数动人诗文并以此流芳后世；佳人则为才子的风流儒雅与多才善愁而歌哭而欲死欲活。九曲回肠或九曲断肠，用于古今才子佳人人间情事，实在是贴切而真实。南方人多思善感，南方有烟景阳春，所以南方的院落沉淀的是一个月色溶溶、丝竹袅袅、人事花谢的深如海泽的历史人文。平常却灿烂，散淡亦沧桑。满是紫丁香和红蜻蜓的南方的院落，弥漫月色也弥漫愉悦和轻愁的南方的院落，点染着少女的歌声也装饰着少女梦幻的南方的院落，哦，我想起唐伯虎与秋香的故事，想起西施、苏小小和秦淮八艳，想起白居易《忆江南》和柳永的词，想起无数的水乡和村落，想起烟雨中的古寺和酒旗，想起浣纱的村姑和雪花里的灰瓦红墙。在我的意识里，那静美而袅着炊烟的南方的院落，仿佛举手可及又迢遥如梦，岁月像散板，响过我的梦的边缘，院落里的二胡和棋子落地的声音以及一声轻咳或爱娇的轻嗔，都如此令我心惊，仿佛那就是我的旧家。是的，我的旧家就是那些院落中的一个，平常、随意却有着一份沧桑和美丽。

忆起我的旧家，心里就有一种愉悦也有一种莫名的伤感，它的红墙已有许多年了，它的水井也有许多年了，而竹篱和柴扉却是新的。父亲编竹篱的样子让我想起一位友人写的诗："仿佛在悉心修补/一帧古雅的风景小品/驼背上是一片没有篱笆的天空/散失的白云咩咩叫唤/篱笆织得很密/什么也钻不进来/后来他一点儿也不觉得/怎么圈住了自己/炊烟是一缕被软禁的忧伤/藤蔓在篱笆以外垂下梦想/细细编历史纪年/无边的土地呵才是放大的家园。"我不知道为什么会想起这首诗，也许我的友人对南方院落的一些日常景观观察体味得十分有情趣与哲理，他是一个浪漫的南方诗人，属于才子一类，所以当我想起了我的旧家时便想起了他的诗。我的旧家是典型的南方院落，和北方院落有很大的差异，北方院落里那种很成规矩且大而无当的式样，给人压抑的感觉，这与北方的人文历史有关，而南方院落却与南方风物的灵秀相吻合，充满灵性，让人觉得清新和愉快，随意地结一个豆架，随意地织一个篱笆，木质或砖头结构的房子，不一定要有规矩，比较自然地布局，没有什么定式，干净、清爽，花草树木点缀。而人，生活其中，怡然悠然的模样，仿佛岁月是不动声色或岁月与这些院落中的人无有关系，生老病死、红白喜事，均顺乎自然。

假若某个院子里出了一品大官或大名鼎鼎的才子抑或绝色的女儿，无论大富大贵还是一波三折，院中人总能保持一份顺应自然的心情，把这些东西看得平常，正如把周围的美景看得平常一样。记得我的旧家曾出过一位大名士，年代约在康乾年间，他的文名使江南半壁河山生色，而且官至两江总督，至今留有不少他显赫的旧痕，但听父辈说起，却也淡淡。似乎并未以有一个如此显贵的祖宗而傲视于人，因为其他院落也各有各的往昔荣光，大家都不值得往事重提，有点近乎彼此彼此，好汉不提当年勇的味道。假若某个院落中未出过大官或才子，也必曾出过绝世佳人，南方山水太灵秀，南方人文太荟萃，因此倒看得淡了，而这种淡却颇见出一种风度和内养，有点不以物喜不以己悲的味道。

南方的院落，在月光里，在落花里，在微雨中，在丝竹声与诗歌中，也在我的梦里记忆里。我很向往那种自然散淡，向往那种静美中的百历沧桑与平淡中的卓然灵异。它是人文的极致，也是田园诗的映照和光彩，光风霁月，雪雨飞霜，鸡犬声声，仿佛就从那些院落里轻轻地走出一代代的才俊之士、一代代的红粉佳人，飘出一个个平淡却惊世的令人百感交集的故事。

南方的院落，伫立在无边的岁月中，恍如一个含着轻愁和笑意的纯朴少女。

独行者说

独行的不只是那些智者和探求者。

独行是人生的至美，不需要知己，不需要红颜，也不必在意气候和季节，落花时节当然好，秋风落叶也不差，有雪的时候或月光如水的时候最妙。独行是人生的独享，独自占那一份属于自己的心情和四围的物色，把思绪荡向远处的天际，在某个人家不多的村庄着落，然后幻想茅舍桃花或雪花，有一绝美的女子倚门而立，你向她凝视，引发些诗意和伤感，而那绝美的倚门而立的女子却看不见你的魂魄，但她心里会忽然一动，忽然有了一种妙绝人间的羞涩和美丽，于是你就把魂魄收回躯壳，作一声悠悠的长叹，以了眼前的雪花或落花，心底生一种莫名所以的伤感或愉悦，一个人独自踏上板桥，吟一首古人的诗，或者什么也不想，在四周的风物里你只是风物的一部分，动的一部分。

你会很感动于自己的这种独行。

这种独行在一生里其实只有很少的次数，而心中的孤独却可以尝了又尝。从少年到壮年再到老年，孤独总是令人恢复人的本原状态。孤独的时候，人的肉体与灵魂便不再为环境所左右，是独立的，与任何事物都了无干系，孤独是人生的至境。但孤独只是人的心情，而独行却将人的外在形态与心灵合而为一，表现出与世间其他事物截然不同的个体的本性。草、树，其实都是单个的生存状态，但人们总是望见许多草与许多树，它们纠结蔓延在一起，成为整体，让人总是忘了它们的独立性与生命个性，把它们只看成草或树，其实每棵草都有不同的状态和生长方式，有不同的对于外界的感受力，你不去细辨，便忽视了这生命状态中最为关键的一点。人也是如此，在社会中，他们只是一种群体，作为社会的人的存在而已，而人的个体性和差异，只有在分别开来时才会体现。人的一生，独立特行的时候少，常常呈现一种物化的外象。其实，个体人的痛苦、欢欣、思念、欲望、倾向，是如此不同。人是一种触角灵敏的生物，许多时候，都极容易受伤害；许多时候，都是如此脆弱不堪。其实这尘世是一艘巨轮，人都是它的附着物，随着旋转，随着驰突，身不由己，却又相互驱动，互为旋转的动力。人有时活得累、烦，活得惊怖、焦灼，有时又活得眩乎醉乎，这是因为人把自己生命的深层次与外界的一切同化。而这种同化，是一种适应，一种为生存而强化了的前趋力，同化是人的悲哀，却也是人的好处，只要保持着内心的一份独立个性，人才会真正体验到生存的美好。隐士，山林中的隐士与市廛中的隐士，其实都是想保持一份内心的独立，保持人作为生命个体的特质与权利。大的人物，往往把自己化入大宇，胸中吞吐四海，这种境界不是同化，是一种更博大的关于个体生命的大独立与大襟怀。

独行的好处是可以把自己从同化中脱离出来，仿佛灵魂出窍的情形。在默默独行中可以感受和回味尘世上的一切，追忆或遥想与己有关或无关的人事，感受岁月的匆忙、大地的永恒，感受风雨雷电，感受物界的变幻，体味孤独的心情或怀人的心情。你独行在天地之间，而且蓄养着浩然之气，鸟一样漫游在世界上，潇洒出尘。看花朵落在泥地上，看女人忧郁的背影，看古桥巨塔耸在雨雾风声中，看鸟影滑过季节的门楣，看船看水，看民间可看之景；听风声雨声虫声犬声，听水声车声以及歌哭之声。满眼是这独行时的景状，满耳是这独行时的声响，满心是这独行时的感喟。这是一种大美，是人生的至境。

独行于人生，是不可缺的，正如少不得酒或其他不能也不可缺少的东西。没有独行，或者就没有独到的人生。

吃 花

张潮的《幽梦影》中说："楼上看山，城头看雪，灯前看花，舟中看霞，月下看美人，另是一番情景。"若说雅士，在古人中我要推张潮，薄薄一册《幽梦影》，写尽雅士高人情怀。天下文字，短小优美如《幽梦影》者，实在罕见。但若说灯下看花最佳，倒也未必。春花秋月，美人美景任何时候看都是美的。"只恐夜深花睡去"，未免迂了点。况且花不单可赏，也可食，赏花人与食花客，谁俗谁雅，殊难定论，如屈原，也曾"餐秋菊之落英"。他是第一个食菊花并把它写入诗中的古人。谁敢说屈原是一个俗物？虽然未见得屈原真的就吃过菊花，至少在屈原之后的中国人，饮菊花酒、菊花茶则在生活中常见的。以我的陋见，食花客的雅与浪漫，倒是比灯下看花的赏花客来得彻底些。不过，天下之花，千姿百态，可种可赏，却未见得都可食。花可入药的很多，可制酒的也不少，若论可以直接烹制为佳肴的，种类却有限。南方和北方，汉族与少数民族，食花情景都不一样，如北方人喜槐花，南方人喜食栀子花。菊花、桂花、茉莉花、玫瑰花、梅花、茶花、桃花等均成为喜欢尝鲜的南方人的食物，因此花是美色也是美味。

南方春夏百花盛开，芳香美丽，令人目不暇接，男人女人在饱享了眼福之后，便想饱口福。于是就有人踏了露珠去摘取山坡上那种极肥美的洁白的大瓣栀子花，在井水中洗净，直接下锅清炒，那肥白的花朵在油锅里声声爆响如音乐，并且散发出令人迷醉的清香。花极嫩，二三分钟便可出锅，家人、食客，围坐举箸。轻轻放入口中，已感觉一股清香从舌尖袭入脑门，遍体如触电般麻麻痒痒，心里的快活，难以言表；口里呜呜咂咂，细嚼慢咽，那种肥美嫩滑，又难以言表。等一盘花瓣吃净，桌上的人才开始晃脑拍胸，发出两个字的惊叹：妙味！

有一年夏日，我与三五雅友去郊外小居，诗画清谈之余，歇荷塘小亭上。因为有美人在亭上鼓琴助兴，便有人随口背诵周敦颐的《爱莲说》，也算是即景即兴。荷塘浩荡无际，绿叶纷披，塘中荷花盛开，粉红嫩白，婷婷立于清风中。心里便惊叹：出淤泥而不染，濯清涟而不妖，中通外直，香远益清，亭亭净植……周子对事物的观察与体悟是何等的不同凡响！否则，凭先生一生仅三千余字的著述竟成一座理学与哲学的高峰，岂非不可思议?!当年孔子“述而不作”，却也写了一部《春秋》，而周敦颐却真正是中国古往今来著述最少影响最大的百代宗师。耳听琴声，目赏荷花，遐想古人，忽然就有了一个奇想，对别墅主人的娘子喊一声：去塘中摘十朵荷花吧。

别墅主人的娘子是一位妙人，也是一位雅人，亭上鼓琴的是她，下厨烹煮美味的也是她。婷婷地下了小舟，用小剪采下十余朵肥硕美丽的大荷花，置小盘中，送上亭来，问：是带回家去插养还是现在享以眼鼻？我笑了：今天要学学屈原的餐花饮露，只怕要亵渎周夫子的《爱莲说》了。请美女将此十余朵大花分瓣洗净，下厨清炒，实在有劳了。一语出，满座皆惊：荷花可以吃吗？就是能吃，也不该如此恶俗吧？周先生爱莲，陶渊明爱菊，可没听说他们爱莲爱菊爱到要吃它们的地步呵！我说：目赏心悦，是色，是满足爱欲；饱口腹，是本能，也是满足爱欲。孔夫子说：食色，性也。这可是圣人教导我们的。况且，荷花煮粥，配以粳米，食之令人容光焕发，更可延缓衰老，古人早有记载。就请美女下厨办理吧。

看我说得有鼻子有眼，大家一齐起了好奇心，连催：下厨吧，下厨吧。

这时清风徐来，荷塘清香袭人，案上美酒半壶。三五友人，一张古琴。红尘在百里之外。俗一回，雅一回，这或许就是人生。

终于看见别墅主人的娘子持食盘袅袅娜娜而来。

一盘活色生香的清炒莲花，奇迹一样横陈在众人眼前。

我先下筷。心里对周夫子请了一声罪过，将一瓣肥美的荷花送入口中……香，挥之不去的缠绵的若有若无的香；嫩，嫩得入口即化，仿佛喉中有一小手要从齿舌间把花先抢了去；滑，齿与舌想把花多留一会在口中，好细细品味，可那花却滑滑地直溜去喉中，配合那无形的小手。

等一瓣入口，入喉，便有了心醉神迷的幻觉，身子飘然临风欲飞，快活来自肉体的各部位，也来自灵魂的最深处。

第二瓣花入口，举杯，远望，忽然有流泪的感觉。人生天地间，苦多乐少，此时这份意外的远离红尘的快乐，分明就是上苍给人世的非比寻常的馈赠与慰藉，一份感动从心的深处弥漫开来，与满塘清香浑融一体，辽远而深广。

三五友，加上美人和古琴，加上一盘清炒的荷花，一亭一世界，一花一世界。亭上诸友，饮酒食花，啧啧称奇，在美酒、鲜花入口的瞬间，都有了神清气爽、一扫俗虑的感觉。

树

有一千年了吧？那棵树。

树杈以下现出粗砺的铁青色，巨大的树榴如凸突的岩石，上面长满老去的苔藓和别的寄生植物。树干有些扭曲，但粗壮得令人惊诧，它用身子毫不费力地遮挡了一堵半颓的土墙。树干上布满了伤痕和触目惊心的孔洞，接近地面的部分已朽烂出可以容纳数人的树洞，但未朽的树身却依然壮硕，显出慑人的霸悍之气。生长这棵树的土地里拱出许多状貌狞厉的黑石，它们把裸露在外的老根挤压得已经变形；但奇怪的是，在敲打那些被扭曲了的虬壮的老根时，竟发出沉闷如岩石般的声响，而且它们的颜色也几乎与地里的岩石无异，有时候你会分不清哪是岩石，哪是树根。土很贫瘠，薄薄的一层，是落叶腐殖而成，只能长出很稀疏的野草，连灌木也无法往深处扎根，是浮土下面的岩石挡住了生命的脚步。

但这棵树却高入云霄。想象便沿着树根的走向深入——仅仅只有一条最壮硕的竖根撕裂坚硬无比的岩石，往地层深处掘进，它蓄满气力，不停息地壮大，终于把岩石撕开一道口子，生命便从岩石的裂口喷涌而出——并在春风里凝固成嫩绿嫩绿的无数的叶子。这棵树所有的根都交错在一起，如一条条手臂，也如生命的长链，树以此把自己紧紧钉牢在大地，生怕被风儿刮走。它在这里坚守了一千年，也似乎等待了一千年，沉思默想了一千年。一千年很短，仿佛只是露水从叶梢缓缓滑落地面的过程或花朵从花苞到绽开的过程。

这棵树静止在白云下，有云朵落在它的鸟巢里。鸟巢就结在它最高的一根枯枝上，铁似的枯枝，像粗壮到无以复加的巨人的手掌，抓一把虚空，有痛的感觉。其实，此时这棵树已没有了一片叶子，这个季节不属于它，它就像古代画家的一幅画，萧索而寂寞，没有风没有花朵没有雀鸟。孤独是一把很锋利的刀子，但它不会因此痛苦，它曾有过叶子有过花朵，而且有过歌唱。春风是支长笛，把叶子吹成快乐的音符，有过一千次快乐，当然会有一千次寂寥。一千年经历了许多事，平和却充满沧桑，因此可以独立在大地上。

它是静止的，耐心地等待春天。

它静止着，和一切动着的有了观照。动是美的，静止也是美的。树明白这道理。静是凝固了的动，静和动都会在某一天消逝，时间是一把无形的扫帚，扫去白云，扫去红尘，也扫去一切静止的和动态的东西。但静和动消逝之后，又会有新的静和动生出来，永无穷尽。静止的树在一节节老去，老在岁月的烛影里，满脸安详。

有人路过树下，仰望它的高，发一声感叹：没有叶子的树便是凝固了的快乐呵！

树以外是阔大无垠的宁静。但树听得见蟋蟀的低吟和遥远处流水的声音，还有偶尔的一两声鸟鸣。它明白树是大地的手指，能够生发出一个春天。但天地间充盈着的天籁和声却足以让树凝神倾听，以一种静止的姿势倾听。

那树下的土墙让人遐想，应该是有过人间烟火的，但在一千年里，一户人家或竟是一个村落被风刮走，就像树失去了一片叶子一样，简单而深奥。在树的东南一隅，还有一座杂草披拂的石桥，那桥让人生出一种亲切与惆怅。仿佛有流水的时候就有了那座桥。那是一座曾经很美很喧闹的野桥，它曾是村庄的一部分，但它终于和那棵无比巨大的老树一样，沉睡风声水浪间，并成为岁月的影像，成为老树的一部分——它分明就是这树伸展的黑色如岩石的根。

树，是大地的一部分，是风、雨、雪的一部分，是春和秋的一部分。而飞鸟、流云、花朵、月光、虫鸣则是树的一部分。

一群蝴蝶飞落在它的枝丫上，恍如初绽的花瓣。起风了！树伸了伸它的枝丫，蓦然从梦中惊醒，这梦它做了一千年，却仿佛只打了一个盹。

树是人的风景，人是树的叶片。

后来有一位画家把树画了下来，并取名《死去了的春天》，把它画得丑怪衰朽。树很郁闷地呼出一口长气，竟然吁出半个春天。

井栏壺

曼生製壺此有井栏壺。此壺做成，曼生曰：此壺天成，惟曰井欄。楊彭年大笑稱妙。鴻伏以為生於高雅中得人間烟火味也

鴻伏製

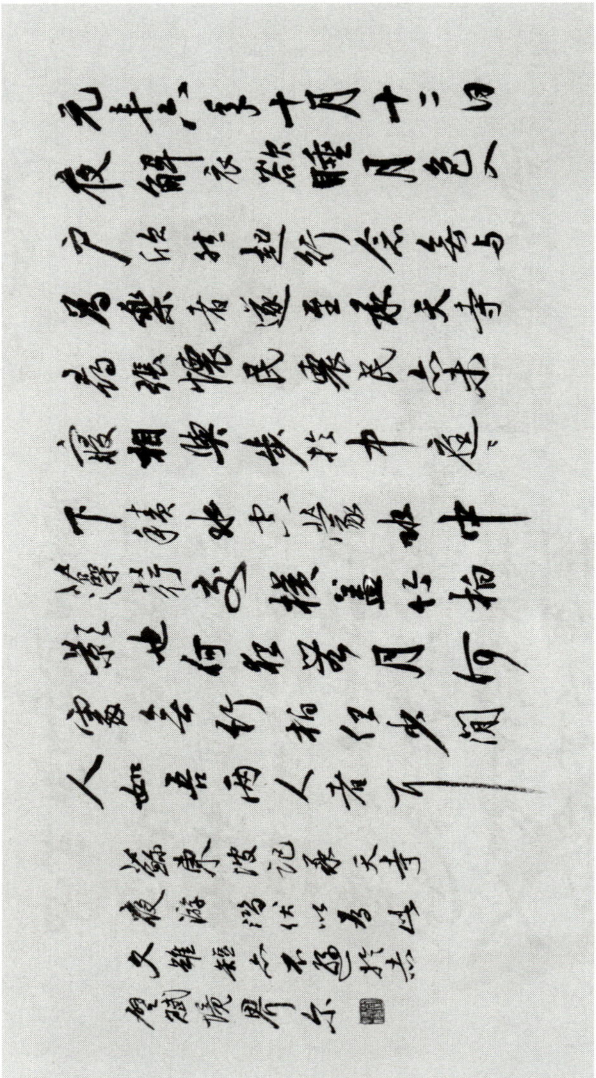
元丰六年十月十二日夜，解衣欲睡，月色入户，欣然起行。念无与为乐者，遂至承天寺寻张怀民。怀民亦未寝，相与步于中庭。庭下如积水空明，水中藻荇交横，盖竹柏影也。何夜无月？何处无竹柏？但少闲人如吾两人耳。

鸿伏

詩經集傳

怀念一条狗

我很喜欢狗，但从不养狗。不喜欢狗的人不一定不养狗，喜欢狗的人不一定养狗，这里面有辩证法。于今大部分城市妇人把养狗当作时尚，更有养毒虫蛇蝎之类作宠物的，以为便是“新新人类”的象征了。

我喜欢狗完全是因为儿童时代留下的印象和记忆：狗既很聪明、通人性，也很勤勉，且不管主人穷富总能不离不弃。绝大多数时候，你可以相信狗，但你千万别相信人。狗永远不会背叛你，它不会在乎你的得失沉浮，任何时候它都对你充满了忠诚，在狗的世界，没有“世态炎凉”四个字。狗是养得亲的动物，狗对人类无害有益，但人类很少善待狗；给予它的甚少，残羹剩饭而已，却让它看守门户和孩子、防小偷、上山赶猎、牧羊……而且它同牛的命运一样，最终会被人啖肉、寝皮，彻底献身给人类。相比之下，狗有情有信，而人无情无信者多矣！

当然，我这里说的狗，非时尚妇人所娇生惯养的宠物狗，我指的是土狗，乡间朴实的土狗。土狗的待遇是无法与宠物狗相比的，宠物狗属玩物，而土狗不是。

记得很小的时候，家里养了一条小黑狗。圆圆的头，眼睛像两粒黑葡萄，晶晶的亮，浑身没有一根杂毛，憨厚温顺，特别喜欢小孩。孩子们光腚在泥地里玩耍，小黑狗会在旁边很兴奋地用小小的湿润的鼻子嗅嗅孩子的光腚，或者用舌头轻轻舔一下孩子的小脸。它很自然就成了孩子们快乐且特别的玩伴。小黑狗随着孩子们一块儿在贫穷的岁月里渐渐长大，它就自觉地担负起守护门户、防野物和贼人的责任，保护主人家的人畜安全。有时也会随了孩子们上山干农活，它跑前跑后地撒欢，吠声清亮，在黄昏的山野里听起来足以让人胆壮。所以我们家胆子小一点的孩子，傍晚上山砍柴总要带上黑狗做伴。黑狗长大后愈发浑圆雄健，全身透着力气，黑缎子一样光亮的毛发，十分好看。家里任何一位成员出门或回家，它都会表现出依恋或欢迎之意，做出许多可爱的动作，让人感动：或嗅嗅你的裤管，或扯扯你的衣袖，或后肢站立，用前肢轻抚你的脸和身体，并且轻柔地叫一两声，仿佛要跟你说话似的。孩子们喜欢它自不待言，连劳累的父亲，也常常在回家稍歇时，一边吸了旱烟袋，一边搬了竹椅坐下，喊："老黑，过来给我挠挠痒啊。"黑狗便如闻纶音，立马奔向父亲，趴在父亲脚下，用长长的红舌头轻舔父亲被柴火划伤的赤脚。父亲吸着烟，极享受极舒服的样子，黑狗则安详乖巧得像一个孩子，它心里一定充满了对于主人的热爱。

黑狗于我家有恩。有一年夏夜，家人都睡了，忽听它在鸡舍边狂吠咆哮，父亲起床开门，举起油灯照见鸡窝有一条巨蛇，正用身体缠着家里那只唯一下蛋的大母鸡。黑狗竟奋不顾身用尖利的长牙咬住了蛇的七寸，并用力往后拽，巨蛇很快支撑不住，开始松开大母鸡。鸡已惊吓欲死，呆然萎地，索索颤抖。父亲用大竹竿挑起巨蛇并送到后山坡去，黑狗却有点不依不饶的意思，吠叫不止。黑狗救了家里唯一下蛋的母鸡，让母亲保住了买盐买肥皂的经济来源，所以一家人都视黑狗为功臣。父亲称此次事件为“龙虎大战”。还有一年，小妹在禾场边玩耍时失脚滑下古井，家人都不在，黑狗发现后对井狂吠，紧急之时，村邻路过，怪而看井，及时救起小妹，并火速告知山上劳作的父母，因此免去一场祸事。黑狗于我家，可谓大大有恩。

黑狗是雌性，成年之后也懂得谈情说爱了，但它几乎不带公狗来家，只有在生小狗时，家人才会忽然想起：哦，老黑竟做妈妈了呢！真的长大了。记得这只漂亮已极的黑狗在我家大约生活了四五年，生了十一只小狗，因为家里穷，小狗都送给亲戚、朋友去养了。用父亲的话讲：“舍不得也要舍，人都养不起，何况狗呢。”家里的孩子们很遗憾，老黑也很遗憾，但它很懂事，很通人性，它似乎明白一切，因此，我猜它心里一定不会有怨恨。

因为老黑的忠诚与乖巧，我们早已把它当作家里不可或缺的一分子。即使有人想用不少的钱买它去饱口腹，也总被清贫已极的父母严拒；对村里几位偷鸡摸狗的光棍，父亲更是小心提防，有时干脆给他们警告：“谁动我家老黑，我就动他！”

但不幸的事还是发生了。至今忆及，心中犹耿耿，这也就是我喜欢狗却至今不养狗的心结所在。

记得那个暮冬，忽然天降大雪，四野皆白。农闲无事，村里有人赶了狗上山打猎，捕些野兔山鸡改善生计。老黑也被邻家猎户借用，据说表现英勇，在半尺深的大雪里穿林越岭，疾如闪电，捕获颇丰，我家也因它的劳绩分得一只毛羽斑斓的小山鸡。

雪停三五日之后，一个下午，失踪二十二年的姑母用箩筐挑着两个孩子，从二百里外的某个山城走了十天惊险山路，回娘家来了。其时祖母尚在人间，只是已瘫痪在床多年了。不识字的姑母十三岁离家出走，一直音信全无，许多年过去，祖母及家人以为她早已不在人世，于今忽然归来，惊喜悲痛之情是无法言喻的。我们少不更事，不能明了长辈们的心情和感受，但也受到感染，家里气氛显然与往常不同。久别的亲人回来，对贫穷的家庭来说，真是喜忧参半，忧的是四壁萧然，无物待客。父亲与姑母从小姐弟情深，二十余年后再见，恨不能舍身割肉以待亲人。待家中可以待客之物罄尽，父母已是寝食难安。那时村邻皆穷，一蛋已不可得，何况余物？在借无可借的窘况下，久思无策，最后父亲竟下了狠心，要杀了老黑待客。母亲和祖母均无言以对。

可怜的老黑，临死时都对这个家恋恋不舍，竟然在瞑目之际，眼里落下两大滴泪水。当时父亲在山溪边将老黑按在水里的一刹那——它全身都浸在冰冷的雪水里，父亲难过得仰天叹息：“老黑，你莫怪我，你若有来世，我变狗，你变主人吧！”

失去了老黑，我家从此不再养狗。父亲说：狗太通人性，和人最亲，你喂养它，你最后要面对它的死亡。人是有情之物，因此不能做无情之事，否则你会愧悔。

我喜欢狗，却不敢养狗，是因为那遥远的往事带来的伤感，更是因为无法面对和人最亲的狗的归宿——死亡。这是我的心结。我不知道世上那么多养宠物的人，最后是如何面对它们的结局的。我永远不想也不忍心看到它们的结局。

一切都已随风远逝。但我却每每于红尘疲累之际，怀念那条叫老黑的狗。此刻，我的眼前恍惚呈现一派洁白的被大雪覆盖的乡野，一条毛发像绸缎般闪烁着光泽的大黑狗，正如一道黑色的闪电，从洁白的乡野疾驰而过。它奔跑的姿势，美到极处！

印　痕

读前人的书，觉得前人造的句简直妙绝，比方“雪泥鸿爪”，想着雪地上就那么深深浅浅地印一行爪印，仿佛竹叶的形状，有很美丽也很清凉的意味。鸿鸟的爪痕留在世间，那境界总有些孤清、凄艳。身后之名，身前管不了，何况身后留名却也不易，留下了，也透着一层悲凉的色彩呢。记得少年时在屋后雪地上见一只大鸟在寒风中独行，很厚的积雪上留一行歪歪斜斜的爪印，那鸟不鸣不飞，显得很孤高也很落寞的样子。后来雪下得大了，大鸟终于敌不住寒冷，踟蹰徘徊之后拍翅飞去，转眼消逝在漫天大雪的山林之中，不知所终。而那地上的爪痕，终会被岁月湮灭的吧，更何况是在雪地上留下的呢？想起雪地上独行的孤清落寞，想起世间种种痕迹的容易被埋没，心里便很惆怅。这种体会，后来便愈发的多了起来。记得某年大雪，家中断薪，只好荷了柴刀，穿了草鞋踏雪上山。山上雪深没膝，禽鸟不鸣，竹木被大雪压折，满山嘎巴作响。等寻满一担枯柴归来，已是风雪逼人，梅花朵般的雪片落满衣襟，风一吹，纷纷如蝴蝶飞去。脚印又深又大，并且歪歪斜斜。可身后的脚印转眼就消逝，仿佛从未有人走过。空山雪满，只有脚印为自己作伴，当脚印也消失不见的时候，心里便起了莫名的恐慌和失望，人在天地之间，有时简直算不得一种存在，渺如尘埃。当时荷了柴担忽然生出一个想法：假如有人再到这山上，他一定以为自己是第一个留下脚印的人，他怎么也不会想到在他之前已有人行走过——行走过，却没有留下脚印。人的脚印转眼即逝，况乎鸿鸟的爪痕？所以人总是在生前留下一种梦幻式的愿望，寄希望于未来。其实倘若人死去了，身后印痕或名声又算得什么呢？人都有几分痴，这痴是对世界与生活的眷恋与依依不舍，有了这种感情，自然就免不了要寄幻想于身后的。所以人活得都有些累。倘若什么也不想，也不着意在这世间留什么痕迹，只顾往前行去就是，那一定会活得快乐潇洒。有意与无意之间，才是生的大境界。

这使我想起许多事情，想起许多的印迹终归为岁月所淹。如江河里的纤痕与篙眼石。江边大石上常有被篙尖插出来的密集的眼洞，蜂窝一样令人震惊，而那些被纤绳勒出的深痕，恍如浸满血泪的伤口。可是它们都一样已差不多在风雨里剥蚀，在水浪间磨平，连那些石头都将在岁月里成为粉末，何况是人留下的痕迹？又如一些名山大川的峭壁上传了许多代的石刻，无论是文字还是绘画，它们总有一天会被杂草苔藓覆盖，为风雨虫蚁所吞灭，为樵夫药农所毁坏，就那么慢慢地一点一点地脱落，直至不留一丝痕迹。人在这世间留下的许多东西，在苍茫岁月的长河里只能是昙花一现。

但是，有些印痕却是永不会磨灭的，比方那些不朽的诗句，比方一些伟人的名字，比方某种文明或精神。这些东西都没有留在自然山水之间，却能刻印在一代代人的心灵上，流在血管里，这种印痕很深很深，时光不能湮灭它们。

就是那“雪泥鸿爪”吧，其实也是值得珍爱的，虽然显得孤清，但毕竟也是留下了踪迹，就算为岁月所淹，它也曾安慰过有限的生命。那雪地上竹叶形状的爪痕，是多么美丽的造化的画幅呵。

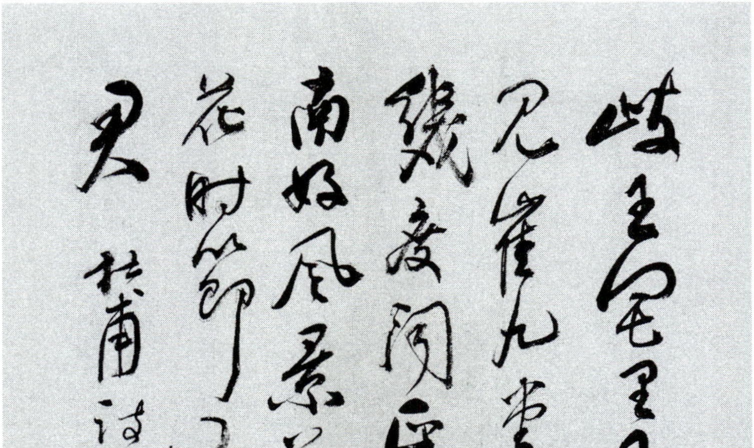
岐王宅里寻常见崔九堂前几度闻正是江南好风景落花时节又逢君
杜甫诗

古风大雅一壶茶

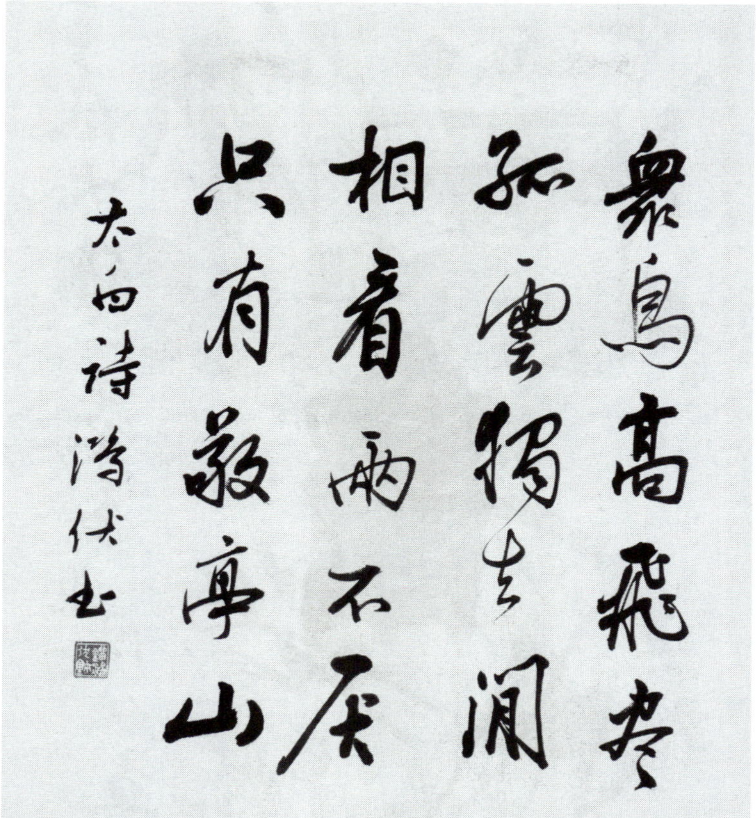
众鸟高飞尽
孤云独去闲
相看两不厌
只有敬亭山
太白诗

雅　奏

不谙音乐，是我平生一大憾事。少年时代处于山野蛮地，耳之所闻，无非鸡犬牛羊之声、禽鸟之音或村歌俚谚。那种浑然无调无腔之曲，多年后忆起，也是渺乎远矣。身居异乡，时有孤寞来袭，无端生起一种伤感和抑郁，岁月在鸟影鸣琴间倏然无踪，很轻易地就让人不觉间老去许多。时常独坐书房，没来由地翻着别人的书本，嚼出一种不是滋味的滋味。这样的日子无声地过去，仿佛秋天的落叶堆积，发出腐败的气息。

随便听听音乐。音乐我不懂得，只是如读书一样听出一种属于自己的滋味。听音乐也仅限于中国古典，只听丝管民乐，不喜欢西洋乐器。古典里又只听《春江花月夜》《高山流水》《渔舟唱晚》《梅花三弄》。我喜欢那种近乎冷清的宁静与悠远，它们几乎就是对心灵的一种轻抚，你仿佛面对的是一位翩若惊鸿的古典美人和一位沉静睿智的雅士。我常把这颗在红尘中伤痛不已的心歇憩在那古人的雅奏中，借此得到一种非人间的安慰与闲适，这是寂寞中的愉悦，也几乎是我人生中仅有的能如约而至的轻柔爱语。在这世间，我几乎没有体味过两情相悦的倾心之爱，卑微地生活在一种强大的规矩与框格中，我知道什么滋味才叫活得累。但我依然很努力地让日子涂满一种类似抒情的轻柔色彩。它很有一些梦幻味道。只有在那种柔缓空灵的古乐中，在宁静的落红或月色里，我才能暂时脱了心的牢笼，超然如一位老林中的雅士，就如台湾蔡志忠漫画中某个形貌奇古的得道者。我能够很轻易地融化在那宁静无边的诗与哲思里去，如一片羽毛化入苍穹乳白的光流。我感受着暮春的江南月夜的空阔，月下伤怀今古的无边喟叹，人生的短暂与宇宙的久远。还有夕照里渔歌归棹荡于烟波的苍凉，岭梅迎风、山泉幽邈的清寂空灵。时闻雅奏，如常就诊于良医，虽有人间万种伤心史，也可治其标。

雅奏，来自时空的深处，来自山林泉瀑与江湖月影中，是大医家的灵手把着生命中最失意的那根脉，柔柔地叩动，抑扬着纷纷如落花如鸟翅如月华落地又盈盈远浮的轻音，仿佛红尘外隐约传来的耳语。

室内有一树老梅，铁干遒枝，盛放着美丽的红色花蕾，它仿佛就是一种无声有形的雅奏，在寂寞中添许多抒情和热烈。打开音响，便是笛子独奏《听泉》，那是来自林间幽谷的绝俗轻音，一泓清泉宛转悠扬地从遥远的山涧流来，穿过密集的鸟声和寂无一人的花树丛，绕过岁月的峭崖，在月色里萦回不去。寂静就是禅，就是悟的愉悦。泉声就是这种愉悦的本源。有时候人的心情也只有在穿过了许多忧郁才显出它的澄澈清明，而人的一生，多么需要这澄澈的轻抚。人生有时就是一种最悠远绝尘的雅奏吧？

市井(二题)

之一：微笑

那女人总是认真地露出微笑。

露着微笑，勉力地面对匆匆经过她身边的每一个人。

我是其中的一个，两年、三年……也记不起究竟有了多少年了。

她总是以一个固定不变的姿势站立着，左手和右手握满了各种极贱也极小巧的什物：牙签、耳挖、高压锅橡胶圈或者一些塑料梳子之类。过往的人很少将目光在她身上停留，在这个十分繁杂喧嚣的菜市场。从来没有听见她叫卖过，她只是微笑地站立着，偶尔有人在她身边停下来，抛出一元或两元，从她手里拿走一捆牙签或者别的什么，她的脸上就生动地显露着一种很感激的笑意。

她似乎永远不变动，每天很早就站在街边屋檐下，直到城市黄昏的灯火淹没了她的身影。

她几乎不为周围的事物所影响：起先在她的身边是槟榔店，

再是水果摊，再是炒货店，后来又是菜摊或别的什么摊位。人流穿梭，季节飞驰，可她总是以一种固定的姿势站立在那儿，勉力地面对匆匆经过身边的人流微笑。

许多年之后我对此已很漠然，许多时候经过她身边时便忘了她的存在。我总是每天穿过这条拥挤嘈杂的菜市场，正如穿过令人不胜其烦的岁月。

可岁月在她身上似乎是静止的。

依然是那种微笑，那种站姿，那种不胖不瘦也不起眼的样子。春雨中她站着，微笑；夏阳下她站着，微笑；秋风里她站着，微笑；寒冬里她站着，依然在微笑。

岁月像一阵风在城市刮过。

渐渐地，我已经忘了她。

可是当我在一个很偶然的机会去光顾那个曾经熟悉得不能再熟悉的菜市场时，我十分吃惊地发现，那个永远在街边的以一种固定的姿势站立着的女人已经满头灰白头发，那种固定在脸上的微笑，显得十分凄清和无奈。

她认真地站立在那儿，手里依然是那些极贱且小巧的什物。我经过她的身边，终于忍不住停下来，她很机械地动弹了一下，伸出她的右手——一捆牙签，我马上掏出钱，说了一声“谢谢”，连牙签也没有要就匆匆逃离她身边——她居然记得我这个人，而且记得我多年前每次只买她一捆牙签。

我的心里无端地起了一种酸楚——

她总是微笑地站立着面对这个几乎把她遗忘了的浮华世界。

她是谁呢？她从哪里来又会回到哪里去？岁月就这样悄然地染白了她的青丝？

不知道为什么，我忽然有一种预感：下一次再经过菜市场时或许已经再见不到她了。

之二：绝响

这是一个有雨的黄昏，而且于我来说这是一个很陌生的城市，有一种仿古的马车从雨雾里跑过去，马蹄声听起来很凄清。街边的树儿正黄了叶子，秋意无形中就浓了几分。

我只是路过这城市，驻足在异乡的街巷，满身灰尘和一脸的疲惫。我只是一名毫不起眼的匆匆的旅人。当我负了行囊，按着路人的指引来到车站，雨渐渐大了起来，分明已有了饥寒交迫的感觉和一份难以排遣的落寞惆怅。在这里，谁也不认识我，我的友人都在很远的远方，守在候车室里的人们，表情漠然。

在陌生的车站，无奈地等待，时间仿佛凝固。坐在肮脏的长条凳上，感觉自己像一条狗，很落魄。家，正在千里以外，以无法言喻的诱惑令我不安。

忽然就响起一阵嘶哑的二胡声。声音很凄凉，在雨雾的黄昏荡开去，不知道是什么曲子。那是一位老头，须发皆白，很单薄的一件外罩，草绳捆在腰间。二胡就搁在他的膝盖上，他微闭了眼，执弦的手指骨节凸突，一颤一颤的，仿佛因了沉醉，仿佛因了寒冷。冰凉的黄昏的秋风滑过弦和手指，直冷入骨髓中去。

二胡声由缓而急，由凄迷而至凄厉，渐渐令人不忍谛听，有旅人走向老头身边：“别拉啦，拉得人心烦噢！”有人递上一些零票，老头睁开眼，脸上现出几分感激，二胡声继续飘在雨雾的黄昏，伴了窗外落寞单调的马蹄声。我忽然想起，已经很久没有听过二胡了，在这样寂寞的旅途，它真的让人感伤。这老头似乎也很孤单，似乎也漂泊过许多地方，他的身世一定是一个谜团吧？岁月于他不过只是一种过程，忘记了故乡，忘记了许多往事，忘记了许许多多的地名和人名。在这样的黄昏、这样的车站，他用弦子倾诉心中的凄凉。岁月里有棵树，树上结满果子，老了就坐在树下嚼那果子，等嚼出些滋味来时，就听到另一个世界的声音了。老人与二胡，就如一幅古画，在异乡的黄昏，影像渐已模糊。

我站起身来，走向老头和他的二胡，那极富沧桑感的白发和皱纹，让我陡然起了一种悲凉之感。我将口袋里所有的余钱都掏出来，放在老人的破毡帽里，转身踏上最后一班长途汽车。就在汽车启动的刹那，二胡声陡然中断，回过头去，已见不到老人踪影——这仿佛只是一个梦或者旅途中的幻觉。

许多年后，那情景依然分明，只是那二胡声似成绝响，再也想不起它究竟是哪一首曲子？如果什么曲子也不是，那为什么会至今在我心头笼上一份凄迷呢？

牵牛·檐雨

不知为什么就想起了这四个字。坐在临街的书窗下，心绪有一种茫然的凄清情味。随手翻着董桥的《乡愁的理念》，对董桥有了新的认识，他的文章我不是很喜欢，但他文章中流露出来的意绪却让我感动。这个书名取得好，他把乡愁归入了文化范畴。乡愁是一种情感，却也是一种理念，理念与情感的合成体就是文化。从董桥的书名得到一种启发，我的头脑里忽然就有了“牵牛”和“檐雨”的影像。也许是由于这样的雨天、这样枯寂的窗下和这样让我感动的书，我的思绪越过远处有几分模糊的城郭，在雨中开始漂游。

“牵牛”是一个奇妙的词。在远方瘦瘦细细的田埂上，在月光笼罩的黄昏，在青山影里，牵了哞哞的水牯缓缓行走，那简直就如一幅古旧的剪纸，忧伤又充满诗意。牵了牛走在瘦瘦的田埂上，手中的牛绹被悠悠晚风吹拂着，天上的牵牛星远远地照着，照着晚风中轻轻晃荡的一根牛绹，照着忧郁的少年人。这种田园境界或景象，让我们感动过一百年、一千年。一种从容的乡愁，一种幽深的理念，由“牵牛”、牵牛星及篱上的牵牛花统摄着、融和着、加深着，逐渐就有了震撼人心的力量。忧郁的少年牵了牛从窄窄的田埂上走向村中那一片参差的屋脊。从少年走向壮年，从故乡走向天涯，牛绹仿佛是一根乡土的脐带。这种意味深长的感受，是许许多多走出了村庄的人们常从血脉深处泛起的。“牵牛”成为乡愁的具象表现，我们在远离乡土时，常常会用理念来调动心中的怀想，温暖和感动一下有些枯寂麻木的神经，获得一种启迪、一种来自远方的情感抚慰，并在这种抚慰中更深一层地体验身处的现代文明。

“牵牛”之外还有一个经常困扰我们的意象，那就是我们常常用来表现离愁或幽怨的“檐雨”。“点滴到天明”的凄凄惨惨切切，一直为我们所感动。爱情的失望、人生的况味，仿佛都可以从淅沥的檐雨中体会出来。檐雨落进中国文化的海里，起一种特别凄凉的回声，李清照、朱淑真，甚至许多须眉才子，都借檐雨抒写过别绪离情。所以“檐雨”与“牵牛”都是一种情感的映现，也是一种旧式文明的表征。牵牛是形象，檐雨是心声。后者在生命体验与文化氛围中具有更多更特异的内蕴。屋檐是容易让人联想的，想起旧家、新家，从而泛起离愁，而雨声总是凄迷，无端地让人生出愁绪，因此“檐雨”作为一个特定词组，是离愁中的必备，正如酒是诗人的必备一样。其关键在于：雨已不是先前的雨，屋檐也已不再是从前的屋檐，但檐雨依然不断。所以离愁中如写怀人或怀乡的，大抵都从“檐雨”生发开来，容易产生哀感顽艳的效果。

从理性上说，“牵牛”与“檐雨”这两个词，都已从现代城市人的眼中和心底消逝了，但牛绹和雨声，却总是不经意间从我们血脉中颤响出一派凄清的情味。

故乡的船

少年时读周作人先生的《乌篷船》，觉得船这东西实在奇妙得很。周先生在文章里说："你坐在船上，看四周物色，随处可见的山，岸旁的乌桕，河边的红蓼和白苹，渔舍，各式各样的桥，困倦的时候睡在舱中拿出随笔来看，或者冲一碗清茶来喝喝。"周先生笔下的船是与绍兴水乡的风物和坐船人的心境融为一体的，那种宁静与美丽真正令人神往。我的故乡不是水乡，但却有一条美丽的河流，它的名字叫资江。资江从广西发源，最后注入洞庭，千里路程，滩声浩荡，两岸有无尽的青山、古塔、桥和吊脚楼。乌桕树有的，红蓼白苹有的，更有火烧云下弯月形的沙渚上绿生生的芦苇。故乡的船，不像周先生写的有"四明瓦""三明瓦"之类，大多是极小的乌篷船，这种小船一般有竹篾编织的半圆篷，只是却极低矮，人在舱中默坐，头离篷顶仅五寸。这类小划子并不作摆渡或普通代步用，大多用于渔猎，偶尔也装些烧纸和木炭或是搭坐二三亲朋好友，上湾下滩，行走如飞，十分轻盈灵动。蓝水之上一支青篙击落些红云白鸟；夜雾之中，一点渔火划过沉沉江声和黑魆魆山影，那情景真是动人到极处。

然小船最多的是用在捕鱼捞虾上。故乡人依山傍水，上山做樵夫，下水为渔夫，均为生计使然。故乡有个晾罾滩，芦艾丛生约七八十亩，捕鱼小船或系缆古柳或泊在浅渚，皆云集此处，多时上百条，少时也有二三十条。使船的多为男子，也有媳妇女子，晾罾滩的女人不驾船便罢，一驾上船，将丈二青篙执在手中，便如梁山泊孙二娘，若想讨她便宜，却也不能。开船时一声吆喝，长篙一点岸石，船早射向江心，那水做的骨肉居然练得金刚之力。若是男子，便赤了上身，着短裤，头上戴一箬笠，一路打起歌子，古铜色双臂一张一落之间便将偌大渔网挥入江中或是细雨野花的深潭。没有网的，便在长橹上栖了三五只鸬鹚，料定哪处水面有鱼，放船过去，驱鸟下水，人便坐在舱中或闭目静坐或独对青山绿水呷那六毛钱一斤的红薯酒。至夕暮时分，江上水雾漫起，白色水鸟鼓翼滑入远处暮霭笼罩的山影里去，渔船便在欸乃声中归来，归棹在星月之间载浮载沉，倏然便近江岸。多数人携了鱼篓归家煮鱼去了，却也有懒得上岸的，便在晾罾滩上随便掘一小坑，垒石成灶，舀了江水，剖鱼刷锅，三五人围坐一团，饮酒食鱼，话些水上故事，度过寂寞清凉黄昏。至夜深，岸上有相好的，便提了大鲤做了见面礼去吊脚楼里喁喁一夜；没有相好的，便独宿舱中，听水声橹声，以及乡间的犬吠鸡鸣，乌篷船泊在溶溶月色里恍如梦幻。也有人终耐不住江上清寂，便邀了人去小镇上看皮影戏或武打片。皮影戏是故乡传统戏，极简陋，却传至今日，亦未绝迹，因为有许多老班人喜爱。武打片是近几年兴起的，乡人却也极是上瘾，想来砍杀起来，煞是痛快淋漓。

故乡的船漂流在梦幻的流水上，四季漂泊却并不觉得漂泊。倘若有一日所有的船只都绝迹，故乡便不会有从前或现在的美丽和韵致了。我想，只要有水有岸在，船，永远是另一种热土。

雪居图
己亥 鸿伏

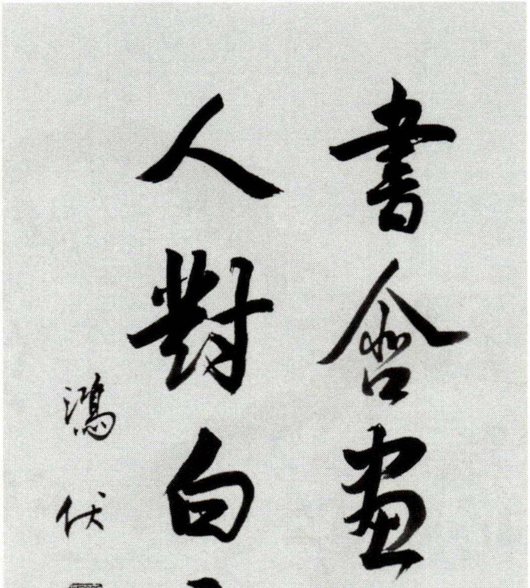
人對白雲閒
鴻伏

悠游

天歌

湘西的河

读沈从文先生写湘西的文字，觉得每一篇都与水有关。水创造的故事，总有一种极美丽的沉哀。驾着敞篷的木船在湘西那些梦幻的河流上漂行，便十分惊讶沈先生那些文字竟与水有如此深沉的默契与亲缘关系。扣人心弦的或许不应是沈先生昔年临水生出的许多感慨，而应是水给先生带来的智慧启迪以及对生命的顿悟：即对生的爱恋与关注。

在湘西的河流之上，一条船并不能说明什么。水上的故事其实渊源有自——滋生于两岸的湘西文化和历史，而历史文化正与水有着不可分割的血缘关系。在沈从文之先，屈原在澧水、沅水、溆浦已留下过许多绝唱。当时的种种感慨他都写入《离骚》与《九歌》。那时的湘西河流与从文先生所写的河流也许都是一样的湍急苍碧，但是两岸文化风情大不相同，这是不言而喻的。从文先生用笔写了辰河、澧水、沅水、溆水两岸风物民俗，写了水边以及水上发生的种种悲欢、兴衰与似梦非梦的沉哀美丽。世事变迁，百年以后的湘西文化，那像河一样流着的方块文字或许隐去或许枯萎，但一种情怀、智慧，与苦难中的幽美却成为不朽的宇宙元素，正如湘西那些沉沉流动在青山下的河一样。

湘西这块土地上奔腾的水浪，足以让人们生发无限想象。当人类负了沉重的背篓穿越储满金属的绿色山谷，在土金色的河岸构造如蘑菇云般的吊脚楼时，人，不可能领悟河水所具有的能创造他们命运和改变他们遭际的力量。人，往往缺乏一种洞透一切和顿悟一切的能力。哪怕是临水而居。岩石以莽苍苍的缄默分开土地和江河，仿佛硕大的沉重花瓣；人，只能用一生的时间去谛听那阒寂里某一种微弱的召唤。河流的语言与岩石的语言是同一的，虽然前者动荡不宁后者永远哑默。在湘西的某一条河流上，我得以发现那临水的峭壁上倾斜的石头悬棺，那些深入石质的巨大木楔早已朽腐不堪。当时心中的震动是难以言喻的。人类毕生用脚下的柔和液体滋溉五谷也浇铸肉体和精神，在不知不觉中借水的魔力创造着，也破坏着。在湘西的河流上，人们用木楔支撑起的巨大悬棺和其中的肉体是速朽之物，而水与石抒写的旷古之韵却是与天地同在的。

湘西的许多事物，极偶然地诞生在一叶流舟上或是一片杵声里，这也是无疑的。否则沈从文先生便难以在阅读过了许多有关土匪、吊脚楼、嫖客和桐油船、煤矿与战争的故事之后，笔下仍能奔流出那么多惊世骇俗的警句。沈先生具有描摹造化的智慧才力，但如果离开湘西土地上那些急滩险水所赋予的巨大灵感，也应是无文字可传的了。

湘西的河，创造了水上的故事，抑或是创造了关于湘西的故事。在沅水上看过了篙眼石之后，便知毕竟人能在自然里留下亘古不灭的痕迹；在青浪滩看了驾排工鹰翅船俯冲的姿势之后，便明了湘西这块土地为何能积淀下如此厚富的文化矿藏；在澧水看过了一岸兰草之后，便被屈原“沅芷澧兰”的名句所震撼，兰作为一种象征，遍生岸上，令人有流泪的感觉。至于溆水的古塔、辰河的渔谣与归棹，亦是一种古老美丽而又实实在在的幻化。虚实之间，总有不息的水声自血脉里汹涌澎湃而来，演绎人间至高无上的哲思。舟上的渔妇、岸畔的樵子，都会令人起一种深刻的眷恋。湘西的河，回荡在天地之间，沉沉如梦幻，若从文先生笔下那支不朽的谣曲。

人间序数

到了湖南岳阳的张谷英村，心底忽然就起了一种苍凉、沧桑的感怀。这种感觉很奇特，没有什么言语可以表达准确，面对明代遗留下来的这么深邃、巨大而古久的建筑群落；面对夕阳下袅娜升起的缕缕炊烟，蓦然间有了如对梦幻的伤感和不知身在何处的惶惑。这是明朝的村庄，可这也是现实中的村庄。这村庄不属于任何外姓，它是一条血脉的延伸，也是一个整体的生命的河床。不过，其上流淌的是一个家族一代代人的血和泪、悲和喜、生与死、离与合、歌和笑。其实这一切都已经消逝或将会消逝，我们看到的，只是它充满沧桑意味的外表形态，正如你忽然遇见某位白发老人，你一定会感觉到他的沧桑百劫，却无法知晓他一生究竟有怎样的遭际和感受。站在张谷英村的入口处，你很难决然地迈开大步一径深入到它的核心，你一定会有几分迟疑和惶惑。你面对的是一个生命的迷宫，一脚踏进去，你会踩痛一个古老家族最隐秘也最敏感的神经。生命的现象其实是很神秘的，生命的力量其实是极为顽强的，从明代一直下来，数百年间，惊涛骇浪，风云变幻，一个家族却能顽强地保存着它的完整（虽然这完整也只是外在的），以永远的村舍昭示不变的生之信念，将一代代人团聚在这里，这是一种生命力量的结集，也是一种关于人的序数的恒定。面对张谷英村，我真正感到了少有的震撼，这种震撼，来自“家族”这两个字的力量。张谷英村的每一片瓦、每一块青石板、每一根梁柱，甚至每一根蒿草、每一声虫鸣，都仿佛透出这种震撼人心的力量，这里的一切都仿佛来自那遥远的明代，却又真切地透出现代文明的气息。一个家族，把历史和现实凸现在天地间，沉重、苍凉而又如此平和与美丽。这是怎样的一种人间奇迹，又是怎样的一种博大而费解的人间序数呵！

人间序数，是的，在张谷英村，我忽然想起这四个字。这是一种奇特的感觉。从人类发展角度来看，是先有族，再有家的。始祖轩辕氏，甚至这之前的母系氏族，就是明证。上古只分群落，即有族，却没有家。家是后来才有的，家是文明社会的产物。有了家，便有了父母兄弟姐妹，有了孝悌仁爱；有了家，就有了人间最温馨最至诚的亲情；也有了哀怨悲愁，有了断不了的家务事，有了纠缠不清的是非爱恨。家只是一粒微尘，却又可以包涵尘世中种种。“家”只是“族”的一分子，“族”又只是社会的一分子，它们都统一在一个叫作“国”的范畴里。这是人世间最繁博也最伟大的一种序数。家庭—家族—社会组织—国家，这么简单的排列，却包含着无上的哲理与深广的情愫，包含着人间斑驳陆离的种种。这是一个神秘而秩序井然的磁场结构，家是个体的人的磁场，族是家的磁场，这些大大小小的磁场又那么神奇地吸附在“国家”这个巨大无比的磁场之内。这磁场就在鸟影一样飞逝的岁月里平和或惨烈地运行，直至地球老去。

“家族”这个词，深入中国人的血脉和内在的精神，有着不可抗拒的力量，它仿佛是一件古老的瓷器，从我们祖先的遗训里一代代传下来，唯恐打碎。它的维系，既是血缘，也是一种被强化的观念和情结。血缘和理念比世间许多事物都有生命力，斩不断，挥不去，在时空的河床沉淀，在生命的源头流淌。家族对中国人来说，是梦魇和枷锁，从生到死，都摆不脱那种阴影的笼罩；是生命内在的寄托、亲情的根，从天南到海北，都令你梦绕魂牵；“家族”也是中国人喜聚不喜散的民族心理的呈现，美丽却也包蕴着毒质，仿佛原野上长出的硕大而奇怪的花，鲜艳却散发着腐败的气息。

然而，家族却顽强而沉着地存在了数千年，并且会继续存在下去，很难说它有消失的一天。以张谷英村而言，也许它作为家族象征的那些迷宫般的明代建筑会有一日在这个世界上坍塌，但一代代的张谷英的子孙却不会因村舍的消失而分散。人不比蝴蝶或蜜蜂，人是燕子，巢穴打破了，来年又会在原来的屋梁上筑上新的窝。中国人是多么害怕失去根，根才是生命中最为紧要的东西。丢了根就失了魂魄，失了寄托，就会在这尘世上迷失，如孤独的羔羊。家族就是中国人的根，这根可以发出叶芽，长成藤萝，向远方伸去。可不管伸向何方，离得多远，如血的乡愁，总自根系流遍青青叶掌。家、家族、故地，永远忧伤地散发出生命最初的气息，成为人们生死不移的眷恋。但是家族除了是根的象征外，还凝集着数千年古国人文内质，凝集着关于人性、伦理、宗教诸多沉甸甸的东西。家族作为一种社会存在，它浓缩了每一段历史中关于人的一切故事。中国是最看重和迷信血缘的一个民族，相信血缘的力量比世间任何力量都强大。血缘是一种凝聚和黏合性最强的液汁，把男女饮食、老幼尊卑都集结在一起，像幽谷的苔藓，蔓延繁衍，达到不生不灭的境地，自成一体，具有极强的排外性。以姓氏、支脉和是否出了五服定亲疏，在每个姓氏生活的地方，总有森然的家族祠堂和坟山，总有鳞次栉比的瓦屋或大厦连成一道人间常见常新的风景。有了家族，就必有族人和族长，必有族规家法。这种宗教意味很浓的族规家法，必带着浓重的劝诫色彩，大抵要弘扬义气，强调做人的准则，却也贯穿着野蛮和愚昧。宗法是严厉的，比方对待偷情的寡妇或改嫁的寡妇，赶出家族；对偷掳之徒，绑了麻石沉潭；对乱伦的人，实行阉割；对不孝的子孙，开除族谱……宗法代替了国法或“王法”，野蛮取代了文明，这种严厉，即是一种残忍，也是一种人治的体现。对一个人的生杀予夺，常由族长在森然的祠堂对着列祖列宗的牌位沙声说出，不允许反抗与辩驳，否则就是背叛家族。家族或曰宗法一旦形成，俨然就是独立的小小王国，族人必一致对外，往往与外族发生争斗，死人的事是经常发生的，小的争斗无非为一些鸡毛蒜皮的小事，大的械斗却也刀光剑影，死伤枕藉。族与族之间，积怨愈久愈深，一代代传下来，终至仇深如海，两族间如敌国，鸡犬相闻如隔万里，在平和的土地上酝酿着不祥的阴云。这种野蛮与愚昧，来自意识的偏狭与理性的迷失，也来自一种无法辨明的排外思想。谁也不会认为天下大同、四海一家是人类美好的理想，人与人之间的隔膜可谓根深蒂固。排外出于自私心理，也出于无端的防范心理。古老的家族，既是平和的，也是惨烈的；既是排外的，也是魅力深藏的。它是血液的河床上长出的一茎野性的草，带着尖刺。但是，这种奇异而古老的家族形成的起因，仅仅是出于血缘因素吗？它一定包含了深广而复杂的社会内容，历史把许多源头与谜底都湮灭了，只有风在大地上吹拂，仿佛古老的旋律，永远让人不知它从哪里来，又到哪里去。山川日月是恒定的，而世间的人事却已变更了。这使我想起，家族的存在，于每个时代都有着普遍意义上的根源，家族存在反作用于社会也作用于社会的两面，不可一言以蔽之。比方家族有制约、压抑人性，甚至摧残人性的一面（如《祝福》中祥林嫂就是受害者），却也有有益的一面，比方劝恶扬善，比方重孝道人伦。即使严厉的族规里面也有对于“浪子回头金不换”的期许与宽忍，又如互助互爱，团结一心等等。家庭的团结既可能给社会带来不安定因素，却也可能起到安定社会的作用，家庭之于社会，往往是矛盾的。

“家族”这两个字在中国各历史时期的分量其实都是不轻的，它的存在，实实在在浓缩了数千年中国社会的历史人文与政治。张谷英村作为我国乡村间最具典型与象征意味的家族聚居地，它凸现在我们眼前的是一片平和悠扬的人文景象与缓慢轻柔的生活节律，这里似乎只有由炊烟老屋、禽声、人语构成的人间温馨的图画，它展现了一种合乎理想的田园耕作生息的境界——虽然沧桑百历，却依然古朴美丽。看不见残忍、严厉，似乎也没有骇俗的野蛮和荒诞。我们无从追寻它的从前，看到的只是现代社会一个古老家族的生活图景。在它的每一块砖和每一片田垄上，一定埋藏着千年的血泪和关于一个家庭的生息密码，可惜我们已是一无所得了。张谷英村代表着乡村的家族吗？或许是，也或许它只能代表它自己。由此我却想到一些有别于乡村家族的特殊群落。首先是历史上最为显赫的帝王家族。每个朝代的帝王家族都象征和代表着一个国家，威加海内，权倾朝野，一个家族的力量决定了一个国家的衰荣。权力这东西可谓世间魔杖，往往点石成金，却也会点金成石。皇帝的家族即代表着国家，而其间的倾轧血腥，却也动魄惊心，虽有享不尽的荣华富贵，却时时需提防杀身之祸。权力和血缘维系着皇室成员，却也能左右国家的命运。江山传子孙，国家为家族所有，从这个意义上讲，家族要大于国家了。人间帝王家族，把一本厚厚的史书涂写得怪诞残酷或光芒四射，真令人慨然生仰天之叹。

家族对于社会国家而言，许多时候都有不容置疑的重大意义，不只帝王，就是那些将相、名门望族，在历史上都起到过无法忽略的作用，这种作用，或好或坏，或大或小，大抵关系到天下无数普通的家和家族的生存状态，可见家族在中国社会的意义。但是任何显赫的家族，都有风流云散的一日，世间许多存在过的事物不过是过眼云烟。然则，家族即使消散，血缘与亲情却永远存在于人间，只要人类存在。家族如果只从一般意义上理解（单纯血缘关系），那它只是无害的一种存在，它不带有偏狭性、排外性与野蛮愚昧，只保留着一脉相传的亲情，保持着孝悌仁爱，这种状态下的纯血缘关系的家族概念，一定于人生有益，于社会亦有益。家族居住的地方，就是我们的故地，是根，是脐带，也是我们灵魂休憩的所在。

在这片古老而充满活力的土地上，温馨的阳光照耀着我们的肉体和心灵，家族那些弘扬正义、惩恶扬善以及充满亲情的家训，常常令我们深思并感动。家是人生的磁场，家族居所也是人生的磁场，国是众生的磁场，我们永远在引力里跋涉。

张谷英村终于渐渐消溶于充满菜花香味的月色之中，只有流水的声音、天地间款款吹动的风、舒缓的天籁和声，盈盈在耳。我想起，这世间美好的事物，其实大都是用来感受的，张谷英村不存在了，无数的家族不存在了，只有美，才是此时此刻天地间的唯一。

人间序数，人间序数呵。

草丛中

宿鳥歸飛急
鴻伏

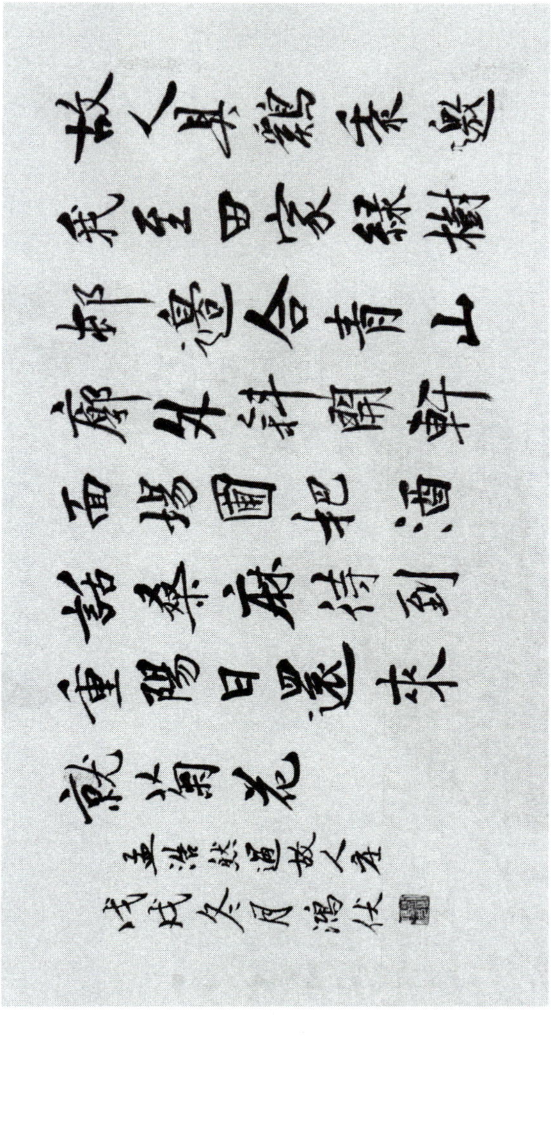
故人具鷄黍邀我至田家綠樹村邊合青山郭外斜開軒面場圃把酒話桑麻待到重陽日還來就菊花
孟浩然過故人莊
戊戌冬月

飄然遠引
己亥鸿伏

鹰羽扇

手中一扇，山地故人所赠。扇面由十二支鹰翅长羽编成，呈深黑色。轻轻一挥，便仿佛有漠漠长风从扇底透来，酷炎尽去。那赠扇的猎手告诉我说，去年于某山梁捕得一只幼鹰，起先将它关在竹笼中，哺以碎肉泉水，那鹰竟不啄不饮数日，夜间总是望了那远处山林悲鸣。后来终耐不住饥饿，渐渐就吃起东西来，对人，却显出固执的敌意，常常是蜷缩在笼中，一副落寞寡欢的样子。日子长了，那鹰在夜间不再悲鸣，只用铁钩样的嘴懒懒地梳它的羽毛。孩子们去逗它，它不惊不躁，若不是有副鹰的样子，别人倒以为只是一只家鸡罢了。因此，便对它松了防备。有一天夜里，鹰竟然用它的喙子啄断两根竹片，看着就要从笼子里逃去，幸好被起来尿尿的三小子发现，才没有成功，第二天用铁条加固了笼子，才让人放下心来。哪知那鹰就忽然在笼中拼命冲撞扑腾，锐声长唳，狂躁得了不得——谁曾想这扁毛畜牲竟如此烈性。本想把它养大了驯成猎鹰呢（山里猎手人人都有猎鹰的），哪晓得今年一开春，鹰忽然就病了，羽毛一根根掉了下来，不几日就死在笼里。死时样子很丑陋，瘦伶伶的比家鸡还小呢。鹰肉是不能吃的，那羽毛呢，倒派上了用途，全当鸭毛卖给了荒货客，又用剩下的编成这把扇子……

对了这深黑的羽扇，我便黯然神伤。

握在我掌中的，竟是一只鹰么？

设想这鹰当初筑巢于苍茫云山的绝壁，翱翔于崇山峻岭与风花雪月之间，忘了季节，没有生与死的杂念，那该是怎样豪迈潇洒的情景呢？而鹰竟已死去，它的悲哀便写在这小小团扇之上，握在手中，轻轻的，恍若无物。它的故地本在千里以外的山深处，于今却因偶尔的一个机会，这么静静地栖伏在我的书案上，让灵魂做一次毫无意义的苦旅。鹰若有魂魄，它会怎样悲哀呢？我的小小书案，怎比得上云遮雾障的万仞苍崖，鹰呵。

窗外有风爽然袭来，我嗅到了秋的气息。遥想故地的山林必是黄叶如蝶了，小小樵径也一定染了薄薄的寒霜。那林中或天空，一定有苍鹰出没，并且长唳。此时我坐在窗前，扇子已失了用途，可以让它闲悬壁上了。

伏在案上，仿佛梦见壁上的羽扇忽然就化成一团鹰形的乌云，长唳一声，破窗而去，青空下是好大一片山岭和丛林。

醒来时，那扇，却依然悬于壁上，静静的，呈一种深黑的颜色。

独立空山

许多人喜欢湖南花鼓戏《刘海砍樵》，刘海是一个山野樵夫，砍柴时遇上美丽的狐妖，遂成一段人间喜剧。这有点《聊斋志异》的味道，却很能体现山里砍柴人一种极浪漫的情怀与想象。

“柴”在古代常用“樵”“薪”来替代，这两个字古雅，村野之人不大懂得，正如城里人不大明白“柴”字一样。常见古人的诗文中有“樵夫”“樵唱”字样，樵夫即砍柴人，如明代朱买臣，就是古今樵夫中大大有名的一个，因为他后来做了大官。当然，朱元璋、曾国藩等千古不朽的人物，都在少年时代砍过柴，做过樵夫，只不过他们不似朱买臣那般以卖柴为生计罢了。樵夫当然是穷人，而且是山野之人，负一担柴禾在青山绿水中且歌且行，旁人看出诗意画境，而砍柴的自知个中艰难。历来诗人画家都热衷于表现“樵夫”的主题，把樵夫当作山水大美中的一种带隐逸意味的点缀，借以表达自己的一种审美观与人生观。中国的传统人文内核是“渔樵耕读”，打鱼、砍柴、耕作、读书，为人生四种必需，劳动与读书，也就是劳力与劳心。中国文人士大夫阶层与隐逸阶层，所要达到的理想就是这个，如陶潜、郑板桥，就很典型，这里面有一种叫田园情结的东西。当世间得失衰荣宠辱，令身心疲累，只有青山绿水、渔樵互答之境才是灵魂栖息的地方。古代文化人与官宦，大抵是乡村走出来的才子，他们的血肉始终与自然界里的村舍田园连在一起，在失意与忧愤之际，便总是不由自主地要返回始发之地，从中获取一种力量与抚慰。在如水的月色中荷薪而归，远比从巍峨的朱门大宅应酬归来轻松自在。所以古人总是把樵者当隐士，把渔樵耕读当人生的至境，这是不足为怪的。

我曾在乡间生活十六年，少年时代基本上算得一个准樵夫。因为家居山区，父母生养得多，我为老大；一家的燃料所费极多，我自然负起了供应柴火的任务。那时每天放学归来，便与二三伙伴带上砍柴刀与竹杠，踏了夕阳的余晖上山去。山上榛莽丛生，小路窄窄，鸟声凄迷，在嬉笑之间挥刀如风，听柴火砍下时的哔剥之声，心里非常快乐。待月上东岭，便结伴荷柴归来。其时月光如乳如烟，峡谷中娃娃鱼啼声凄厉，树巅猫头鹰惊悸而飞，有点骇怕，又有点快感，心中麻麻痒痒，负柴疾行，远远望见村中屋舍轮廓，方吁出一口长气。有时腹中饥饿，便上树摘下野果或偷挖些生产队里的花生红薯，掬点泉水，将少年时光打发得有滋有味。

砍柴是乡村生活中一个重要的部分，山高月小之际，樵歌起自山的深处，袅袅颤颤，向四野里荡开，天地万物渐入梦乡，这种情景，或许是可以入画的。

许久前曾读到一句诗，是咏樵夫的："独立空山一声笑，收拾乾坤一肩挑。”这诗很粗豪，有些霸气，似乎是一位胸怀大志的隐者在山林间口占的。前一句很贴切，空山者，不过是一种静的感觉，所谓“空山鸟语”“鸟鸣山更幽”都是这个意思。在空山一声长笑，这也是很寂寞的境界，当然是一种大寂寞。后面一句，就不是普通樵夫能想象的了，收拾柴火则可，收拾乾坤一肩挑之，这就是帝王或未来帝王的事了，霸气固然霸气，却总让我觉得未免故作大言。这句咏樵夫的诗，作者是一个湖南人，生活在清代末期，应是一个对时局有些想法的人。但真正收拾乾坤一肩挑的不是他，而是后来他的同乡毛泽东。

少年时我对做樵夫很满足，砍柴成为少年生活中一桩最有诗意与趣味的活动，人言其艰，我独得其乐。山中景致着实令我着迷：鸟声泉声，花开迭迭，树木连绵，山影空蒙，尤其是那种宁静与幽深，那种绝尘的清净与山中万物的随时序而演变，充满着动静相生的感觉，也充满着相生相克的循环，我不懂这种循环，但始终为之着迷。在山上和伙伴们看云看鸟，看风花雪月，并且听情歌，这很令人愉悦，加上伙伴间相互帮助，生出一种纯净的友情，这友情很有些患难与共的成分在内。我与一位姓周的砍柴伙伴关系极好，都喜欢砍柴，也喜欢读书。砍柴归来，小憩在刚收割完的山田草垛上，看青空里月亮如天鹅一样浮在白云间，山影朦朦胧胧，虫声若远若近，我们谈一些离乡村生活甚远但又在民间流传的对联故事，诸如“风吹荞动桥不动”“暑鼠凉梁客咳惊”之类，又如说狗和鸡在雪地上行走，便有“一路梅花（狗蹄印）竹叶（鸡爪印）”这样很美的句子。这些断句流传民间，未知有出处，也没人去了解它们的出处。最让人难忘的还是夕阳下读碑。我们把柴薪挑到离家一里路的野葬岗歇下来，分头蹲在最大的墓碑下，一行行地读，有些读不懂，有的明白大意，觉得句子很华丽，很有意思。尤其是碑上的书法极其漂亮，见所未见，我们用手指在裤子上画动，心里默记用笔方法，好像临字帖一样。每逢月亮升起来，夕阳落下去，山里升起一种薄薄雾霭，怪鸟啾然而鸣，我们便心里发毛，发一声喊，挑了柴在月色中疾行归家。这种情景，许多年后犹鲜明如画。想起少年时那些砍柴伙伴，大多命运蹇涩、生存艰难，不能不让人发一声浩叹。独立空山，长笑解忧，收拾自己命运尚且不易，更遑论“收拾乾坤”了。

见到一幅清代无名氏的山水画，题为《暮归图》。画面上风雪弥漫，树木被大雪压得弯弯，雪地上一樵夫荷柴归来，远处露出一角柴扉，山石嶙峋，透出一种大的凄清与落寞。这画极有意味，传神生动，让我想起从前雪天上山砍柴的种种。雪天砍柴，看起来是一桩艰苦无奈的事，其实与现今在城市公园里堆雪人、看冰雕没什么本质的区别，至少我是这么认为的；因为它们都能给你带来快乐，虽然这种快乐的感受会不一样。在山村，雪天来得早，冬季很漫长，不准备充足的柴火取暖是不行的，所以在下雪的时候上山砍柴或正在山上砍柴时忽然下起了大雪，这都是很平常的事。雪天砍柴有几点好处。第一是与平日的感觉完全不一样，很新鲜，也很令人兴奋。穿草鞋，在山上行走，听脚下嚓嚓的雪声，心里升起很奇异的感觉。雪很厚很软，踏上去挺惬意，加上满山皆雪，世界一片银白灿烂，景致就十分的美丽。第二是在雪天砍柴时可以听到种种奇妙的声音，先是林间簌簌的落雪声与渐响渐密的雪粒被风刮向树叶的唰唰的声音，这种声音清晰又清越，很爽很利落，满山如是，仿佛天地间蓦然升起一种乐意，不知自何而来，不知何时而止，真正的天籁之音、绝尘之音。还有就是树枝被大雪压折的“噼扑”之声，干枯的树枝应声折落，我们便“收拾乾坤一肩挑”了。木叶摧折之声外，鸟兽惊啼之声若断还续，平时隐匿无踪，此时无处可藏，雪地上留下一行行杂乱的蹄爪印痕，如梅花、竹叶之形，如芍药、坠石之状，美丽而且令人哀怜。小鸟飞不动，山麂落山潭，满山扑哧，雪意深浓，我们挑了柴火小心而快活地行过山石下，走过鸟和小兽的身边，互不惊动，有时对望一眼，发现一切人事与生命笼罩在一片空明洁净之中。

砍柴是一种简单的劳动，但分明属农业文明的一部分。如果说渔樵耕读是中国传统文化的核心，那么“樵”便是核心的四大元素之一。“收拾乾坤一肩挑”体现的是大经济大志向，却也是从“齐家治国平天下”演化而来，做樵夫容易，乐于吃苦就行；平天下、收拾乾坤则难，往往需风云际会。但渔樵耕读也好，平天下也罢，都体现了一种传统的理想思维模式。国人中如诸葛亮，先是渔樵耕读，后是治国平天下，可见渔夫樵夫，虽与王侯将相相隔云泥，其中也不乏经天纬地大才者，樵夫中毕竟出了朱元璋、曾国藩这类赫赫有名的人物。许多时候，渔樵耕读与平定天下只是起点终点的差异，而起点与终点，有时却是在同一个圆心上。天下之事，奇诡变幻，樵夫即王者，王者即樵夫，难有定论。

空山迢远，树色凄迷。渔夫樵夫，智士贵人，尽付与苍烟落照之中。快哉风刀霜剑，快哉逝水流年。

微醉的秋声

书读得多了，便很喜欢“秋声”这两个字，以为酷暑退去，于秋风爽然中大地渐渐透出清凉宁静意味，风的声音、虫的声音，已不复有炎阳下的那种燥。因此秋天便令人愉悦。

在我的印象中，“秋声”并非全是大自然的声息，比方秋风里的村野犬吠汪汪、野谣阵阵，或者捣土筑屋的声音、风车的声音、豆荚成熟的声音，这都是很让人快乐的。二十年前，我居住的村庄有一个小小锯木场，锯木声震日回响在秋天的村野上空，有时候在睡梦中也隐约传来。仔细分辨，那单调的声音里分明便有流水的音节、野鸟的音节，甚至庄稼拔节的音节了，嗡嗡营营，如蜂群采花，听着让人很愉快。那时候常从母亲身边溜出来，踏了结满寒霜的木板桥，绕过一个很清很深的水塘，跑去锯木场看三五农夫握了大锯汗淋淋地锯着一些绝大的枫木与松木。那些肌腱突起的手臂与劳累的憨憨的笑容以及散乱在地的木头和酒罐，给了我很深的印象；而那种嗡嗡营营的锯木声，二十年后依然回声隐隐，仿佛带着酒香的乡音。记得流沙河曾有诗说锯木的体验：“啃我少壮时光。”用之于那些农夫，不也很贴切深刻的么？每当临窗默坐，便想起秋天故乡的锯木场，那声音，滔滔在天地间，仿佛一千只小手固执地拉我回那个梦中的山国。我想，于今那小锯木场或许早已消逝，那些农夫也早已老去了吧？

此际，故乡的声音渐远，凉凉的月已升在城市的上空了，寂静的夜的秋窗正有纺织娘在若断若续地轻吟。我想起这个时候，故乡的山影，像锯齿一样排在月色之中，就那么无声无息地锯我的乡心，那声音很熟识，嗡嗡营营，正如二十年前。

只有我的心才听得到的微醉的秋声呵。

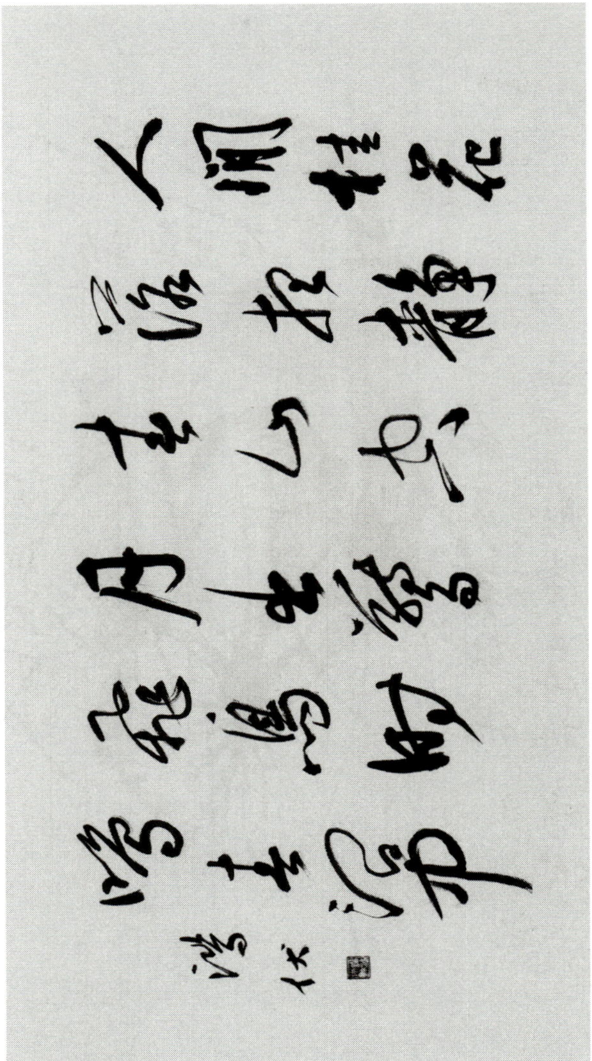

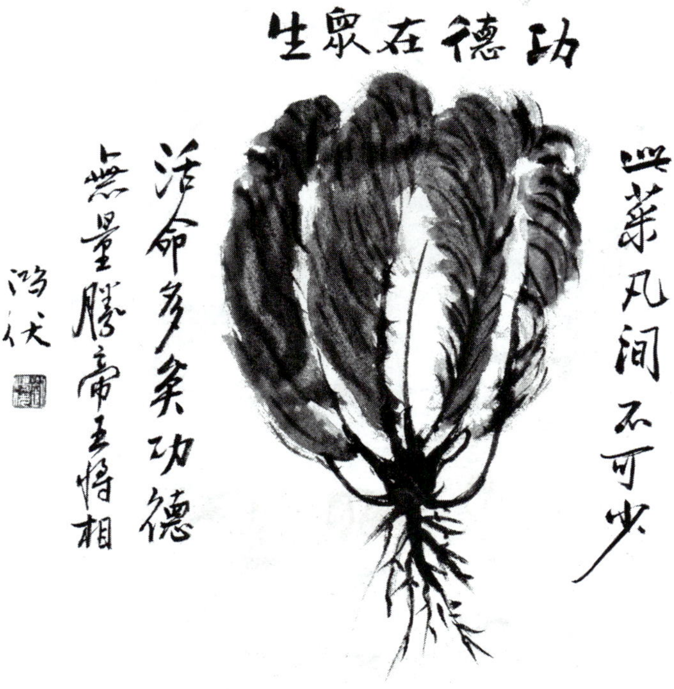
功德在眾生
此菜凡间不可少
活命多条功德
無量勝帝王將相

鸿伏

清凉岁月

秋天令我愉悦，一切都是如此平和、清凉，那树梢上落下的细微的风，带着许多情思，它很容易让人记起许多秋天的诗句。当然这都只是读书人的情怀。秋蝉鸣于树，鸟声脆脆地融入远天去。好清凉的岁月哦。

这便使我想起故乡的秋天来了。故乡的秋景是很美丽的，豆荚在垄上爆出一片乐声，而刚收割完的稻草垛正散发着清香。黄牛散落在山坡上，很悠闲的样子；水车在河岸上歇着，静静的仿佛入梦。村庄里的炊烟很随意地袅出诗意，那情景很令人难忘的。多年前的一些片段，便渐渐浮现在记忆中了。

秋天是可以干许多事情的，比方在黄昏时分去村里刚挖完的红苕地或花生地里去寻那遗漏在泥土中的欢乐，在散发着松脂香的树林里找那美丽的寒菌或鸟蛋，或者干脆就在凉凉的月色中挥动柴刀，做一个很有诗意的小小樵夫。秋天是富饶的，它的赐予大多带着令人惊喜的意味。

每个人都要经历许多秋天，但秋天对每个人的意义都不相同。秋天于我，分明有许多眷恋在的，落满树叶的石头宁静地幻想起往事的光辉。若干年前，我是秋天的收获者；如今，秋天依然赐予我许多意外的喜悦。坐在清清凉凉的风里，便可以用灵魂与自然絮语了。听着远处传来的笛声，心中充满感怀。

此时故乡已在很远的秋风里，只有沧桑心绪鸟影一样绕树三匝，低回不已。想起很久前作的一首诗中的句子："在归雁颤动的翅声里/有一枝藤萝/苦苦地向远方伸出/把累累的果实/很疲惫很辉煌地/结在异乡的深秋。/但在清明雨纷纷扬扬的时候/但在中秋月华如水的时候/便有如血的乡愁/自根系流遍青青叶掌/起点是那热土　归宿是那热土/藤，才是一条曲曲折折的路/而果实，累累的果实/萌发的青藤/却越走越远了……"

窗外掠过一些鸟影，仿佛逝去的岁月已无踪迹，渐浓渐凉的秋，薄霜一样，该铺满故乡的板桥了吧？

秋天的清赏

闲来垂钓碧溪上，

忽忽乘舟梦日边。

小舟在清凉的流水上，渚上的芦苇已经枯黄，有水鸟闲闲地啼几声，而对岸的秋林在飘着黄叶了，四周阒寂，却让我的心愉悦，灵魂儿安妥在躯壳里，小舟停止在几乎看不见流动的水上，把青竹的钓竿一挥，钓丝已没入水中了。红红的浮标浮在青绿的水中，仿佛一张硕大无朋的芭蕉叶上立着一只小小红蜻蜓。

四围好空阔，我的心好空阔。

头上的青空凝止不动，干净得没有纤尘，偶尔有一两片青云轻盈地飘过，我仿佛听到它轻若游丝的散步声。设若天空也可以垂钓，那该是一种怎样的心情与意味呢？有流云的青空，那是神仙的故乡。

在这秋的流水上，没有人来打搅，甚至连鸟儿也不会来打扰，我是在读着流水的同时也读着流云的青空和静如处子的淡淡远山，并且在闲闲地钓着这三十年的岁月和梦幻了。我知道鱼在水中的乐趣，虽然我不是庄子；我亦知道人在水上的乐趣，虽然我满身红尘。红尘与流水，都只是一种“象”，我的心却在“象”外。大象无形，大音希声，大美无言。心常在“象”外，生便可以不着痕迹。没有痕迹的生命正如这完整的青空与流水，是一种永恒。钓丝在水中，我的肉眼看不见，鱼的眼睛也看不见，不着痕迹的东西并非就是“空”，那么“空”又是什么呢？鱼与我，都只是平常的人和物，鱼见不到丝只见到了饵，因此终免不了饱人口腹。鱼的智慧与人的智慧，差别只在于此，相同的地方却在于人与鱼都为一个“贪”字或“欲”字，浮标是人的欲望的呈现，饵是人设的圈套，也是鱼的贪婪的象征。你在水上钓鱼，命运却在岁月里钓你，这实在是公正得很呢。岁月与命运都是无迹可寻的东西，无迹可寻的却往往是一种不可抗拒的存在。

青空里忽然起了鸟声，四围凝止的山水仿佛就有了灵气，开始在我的视觉里生动起来，秋风弹拨着树梢和芦苇，天地间充盈着无上的乐声，好轻妙的天籁呵，好阔大的天籁呵，我和我的心栖止在流水上，如碧绿芭蕉叶上一只小憩的蝉，美丽而快乐的蝉呢。

我是在品赏着秋的，清赏着流水和远山，钓竿只是一种形式，与我并无关系，我将它安放在流水上，钓我三十年的岁月和梦幻，此际我的心不染纤尘。想起卞之琳的断章：“你站在桥上看风景，看风景的人在看你；明月装饰了你的窗口，你装饰了别人的梦。”于今我在流水上垂钓并看风景，又怎知没有看风景的人看我呢。我只是风景的一部分，只是秋天的一部分，与河水、芦苇、远山融为一体，这是一种多么令人愉快的秋天的清赏。

明月已现在天际了，打起木桨，在烟霭的流水上归去，只把一颗心，饵一样安放在秋夜的碧流中，作为秋对我的诱惑。

最后的乌鸦

一

乌鸦真是一种奇异而且寂寞的鸟。

在案上展开明代佚名画师的《枯木寒鸦图》，仿佛有萧索的秋风从绢质的残卷上袭来。这是一件无论如何也算不上二流的平庸画师的作品，但已有五六百年了，虽残破却依然幸存在人间，我真的有些惊讶。偶然就是命运，人如此，画上的寒鸦亦如此。枯木画得苍古怪异，从颓草黑石间崛起，身干老曲如盘，树顶断枝上萧然立着数只疲累的黑羽大鸦。画师的线条在鸦的翎羽上透出一种迟滞的劲力，如铁丝一样具有动感和硬度。似乎有风吹拂，侧立树顶一只鸦，羽毛翻卷，一眼半闭，现出内在的寒意。枯树之下，有一鸦盘绕徘徊，令人起“绕树三匝，无枝可依”的感喟。

精彩而且具有玄学意味的，还是枯树寒鸦之下，一巨大的断碑令人心惊地凸现在空旷的绢纸上。

乌鸦和生命的终结很浑融地结合在一个画面上。

这种能嗅到死亡气息的鸟，它的啼鸣和黑色羽毛总是让人惊恐不安，它在树上和空中的运动仿佛死神的舞蹈。

但乌鸦永远是一种寂寞的鸟，寂寞却有着庞大的家族。《辞海》上说：乌鸦，鸟纲。体型大，羽毛大多单纯，喙及足都强壮，鼻孔常被鼻须，多巢于高树，杂食谷类果实、昆虫、鸟卵以及腐败的尸体。中国多大紫鸦、秃鼻鸦、白颈鸦、寒鸦及渡鸦等。乌鸦在外形及叫声上都属于丑陋没有美感的一类，人们历来将它与灾祸、死亡联系在一起，对它有种少见的隔膜与嫌恶，这实在是一个异数。

但《枯木寒鸦图》的作者，正是借用了乌鸦这个具象来表现一种对死亡的观照，画面上萧索怪异的氛围凸显的是玄而又玄的对生命的诠释。

巨喙黑裳的大鸟，立在五百年前的寒风中，天地呈现一派深阔的寂寥。

二

在南方的山野和北方的平原，这种丑陋的黑鸟，在人们的视野里竟寂寞而且神秘地消失了。

一些孤零零的高树上，偶尔还悬挂着它们已然破败了的圆形旧巢，仿佛流云上的废墟。

此时，我伫立在南方某个生态湿地的腹部。落日浑圆，如蓝玻璃上不经意按下的一个胭脂指印。大片水鸟正欢快地抑扬啼鸣于芦丛、霞光与水雾混溶的湖岸。水中的世界和陆上的世界和谐地构成一个野性而巨大的生命场。

我想寻找那久违了的身影：巨喙、玄裳，全身透着落寞和神秘的气息。

我是跋涉了很远的路才到达这儿，而且是怀了一种希望来的。许多年了，我走过南方也走过北方，那种鸟儿，真的从人类视野中消逝了吗？

想起故乡的雪天，白得仿佛透明的山峦，黑色的鸦群乌云一样掠过饥饿的村庄。它们的翅声密集而且浑厚有力。饥饿的老人和孩子惊惧地望着这些不速之客在稀稀落落的炊烟里徘徊啼叫。那已是十几年前的事了，记忆都已近乎模糊。

在这阔大的生态湿地，一切的动物和原生的植物，正悄然而惬意地在壮大着自己的家族。翅声、啼声、游动声和芦苇丛中小兽行走的声音，在暮空汇成天籁之音。当一只身形优雅的白鹳漫不经心地从我身边经过时，我情不自禁地抬起头，仰望丘岗上樟树和枞树的梢顶，那种巢于高树的黑鸟，那种啼声粗嘎的黑鸟，到底在哪儿呢？

身边的湿地中心主任告诉我：去年秋天，还在前面小丘那棵枫树上见到过两只大乌鸦呢。但自从那次现身之后，这块近四万亩的生态湿地就再也没有发现过它们的踪影了。

“可能乌鸦已经灭绝了吧，在南方？”主任有些困惑。

在这里，连被宣布灭绝了多年的华南虎、大天鹅都现出踪迹，可乌鸦呢，乌鸦会灭绝么？

可是，即使真的已经灭绝了，又会有谁在意它们、记起它们呢？那些曾经令人嫌恶的大鸟呵。

朦胧的夜色中，我仿佛听到天外戛然一声长鸣——孤独而且让人心惊。

记得在河南信阳的鸡公山，有几只白颈乌鸦在头顶呱呱乱啼，陪游的大学同窗在半醉中连连朝空中吐着口水，急切地念着："大吉大利，大吉大利……"

半年之后，那位同窗居然暴病身亡。生命仿佛一个谜，死亡也是一个谜啊。

当我若干年后又一次偶然经过鸡公山时，却已不见群鸦乱啼的景象。一切都已一去不返了么？

三

枯坐城市高楼的斗室，看窗外流云无端地漂泊，杳无归宿。想起《辞海》中关于乌鸦"巢于高树"的说法，觉得自己应该就是它们的同类，不过是不飞不鸣的那种罢了。

寂寞中找到一张古筝的碟片，插入影碟机，《梅花三弄》之后，就是《寒鸦戏水》了。

画面应该是南方的某一条大河岸边。乌篷船，流水，落照，古老的河岸。弹筝者以慢板拨出数声颤音，瞬间便有一种空明的意绪弥漫开来。画面右上角渐次现出三五鸦影，在水天之间飞鸣。缥缈的筝曲，于提、按、抚、颤中时断时续，悠扬又空灵，鸦影在流水上，流水在手指间。我闭上眼睛，感觉一种欢愉，一种生的欢愉。优游自在的大鸟与宁静却是动感的河水，充满形与神的大和谐，这种和谐正是天地万物永不灭绝的元素了。而古人，正是于寒鸦和流水间发现了人生的诗意并感悟了禅理的。

当曲调在一片澄明中戛然而止时，我的翅膀还沾着江上清寒的水雾。形体栖止在高楼的巢内，心却随流云漂泊了。

四

是人灭绝了乌鸦，还是乌鸦集体与人类决绝了呢？

乌鸦总是与大地上的古树连在一起的。

乌鸦总是在人类遭遇灾祸之前来临。

乌鸦和马致远的小令在一起。

乌鸦守着饥饿的岁月。

乌鸦，如不动声色的黑色大石，凸现在旷野。

这神秘的鸟群，在天地间出现的时间和人类出现的时间一样悠长。但人类在甚至“易子而食”，甚至饿死时，也不屑吃它的肉。不祥的黑鸟啊！

但我却分明看见童年的苞谷地和花生地里，被农夫毒死的成百上千的乌鸦，堆积的尸体被大火烧得“嗞嗞”作响。

鸟铳喷出的铁砂一次次、一年年洞穿那些自由的黑色翅膀，它们像树叶一样大片大片坠落在荒野。

五

孩子在读一个古老的童话：《乌鸦和狐狸》。

孩子问父亲：“乌鸦的嘴里为什么会有肉呢？是人喂给它们

吃的吗？”

父亲愣了一愣，反问孩子：“你会喂肉给乌鸦吃吗？”

孩子很肯定地回答：“会的。”

“为什么？”

“因为狐狸坏，它骗吃了乌鸦的肉块，这不公平。还有，老师说要爱护鸟类，乌鸦也是鸟类。”

父亲低头思忖着，嘴里喃喃自语：“乌鸦也是鸟类？乌鸦也是鸟类……”

当我们忽然想起乌鸦的时候，天空已经空空如也。

有一支曲子。有一个童话。

有一句词或者还有一幅画。

或者，还有别的什么……

秋风起了，呱！秋风起了，呱哇！

天地如巢

有一家人口生育杂志，忽然改刊名为《人家》，并邀请当地一些名流座谈。名流们都很激动，说这名字取得极有意味，很是让人遐想和温暖。

“人家”让我们想起“万家灯火”这类温馨的字眼。有人才有家，家的具体表现就是屋舍，屋舍是人结在大地上的巢，正如雀鸟或别的生物结的巢一样，既是肉体的归宿，也是灵魂的依傍。大地上的家如天上的星，密密地组成一道万世不灭的风景，在无穷尽的岁月里生发出无穷尽的故事，悲欢爱恨，荣辱衰繁，死生契阔，富贵贫寒，贤愚忠奸，孝悌廉耻……如绵延不尽的长河。生命如风一样刮过千年万年，风一样吹过的生命的气息，充塞在天地之间，仿佛自然的箫声。

大地上的家，是人的巢，具体而微的温暖的栖息地。家是人的起点和终点。屋顶上每天升起我们的炊烟，大家把这叫作生活。炊烟让我们温暖而生活却让我们感觉着沉重。每一个屋顶下总在纠结着爱恨悲欢，总在演绎着人生话本。炊烟、屋顶属一种文化范畴，生活种种却是一种人生或生命历程。许多时候我们总喜欢在文化的氛围里解读大地上的家，却永远不会找到答案。把它叫作归宿或人生驿站时，我们充满了惶惑和惆怅。多少年来，家是我们生命的根，亦是我们乡愁的根。大地上每一个家伸展开它们的根须，织成一张永远也没有边际的大网，将我们的心紧紧拴住，并且常常触痛我们心中最脆弱的那一部分。

在苍茫的大地上，一个家连着一个家，仿佛一本大书的每一页，打开，是无数独立的章节；合起来，却是一部沉重的人类史。这是比世间任何一本书都要博大深密也撼人心魄的大书，它由我们每个人的生命写成，永远没有开头也没有结尾。是关于人的主题却也不仅仅是关于人的主题的书。谁能回答，这世上究竟有多少个人家？它们像大地上的砂粒和树上的叶子一样成为人类永恒的谜团；谁能回答，砂粒一样多的大地的屋顶下，究竟有多少个爱的故事、恨的故事、悲喜交集的故事？天之涯海之角，平原山丘、古村新城，所有的屋顶相连，又各自小心翼翼地保持着距离。篱笆庭院、茅舍寒窑，呈现着农耕文化的散淡悠然，却也深藏着沧桑忧患。端一个饭碗可以自在地在邻里来去，炊烟中鸡犬之声相闻，人活得没有一点芥蒂和阻隔，只有死生的悲苦与生计的艰辛。田野大地上的这些人家，那么平淡平和地结在岁月的深处，每一个家庭差不多都在复述着婚嫁丧葬、生老病死的内容，而农具把关于人的故事简单却也繁复地写进泥土中去。一代代在屋顶下做梦、做爱，做着该做的事情，遵循着孝悌仁爱的祖训，也总在坚守着一个妻儿团圆的诺言，创造着、毁灭着生活中的一切，也创造着源远流长的农耕文化。但是，人们虽然把家当成归宿和生命的根，却也总在背叛它，从大地上许许多多的屋顶下义无反顾地走向外面的世界，去寻求人生的另一种境界。人们创造了农耕文化却也随时都在扬弃它，厌恶它，在不满足中开始突围和超越。于是便有了一代代的乡村才子从炊烟里一步三回首地走向更为广阔也更为诡谲的人生舞台，他们通过非凡的努力踏上仕途，抱着光宗耀祖和改造世界的雄心，用一生的时间在宦海沉浮，有的果然就改变了这个世界，有的却把仰天悲叹留给了后人。但无论怎样，正是这些田野上的才子改变着民族的文化血脉甚至命运，顽强和正直、睿智与活力，成为他们最宝贵的遗存。他们把根把老家留在出发之地，却在大地上其他地方建起新的家园，楼亭馆舍、别墅园林，月色里的丝竹笙歌、灯影桨声里的浮华俗艳，让他们享受着奋斗得来的浮世的富贵，同时也让他们缅怀往日的田园牧歌。所以每一个家又生发出无数个家，这些家布满大地，似乎都有着血脉的联系，似乎又有着泾渭的差别。正如一枝青藤，从出发之地向远处伸延，然后结满了果实，果实落地发芽又长出青藤，又向远方伸延……如此往复，终成万家灯火，终于构成人世最壮观的一道风景。家，在大地上盘根错节，相互交织；又相互排斥，相生相克。仿佛一片森林，虽然地下根脉连结，树却各生本位。因此我便想起这世界上形形色色的围墙，这是一种独特的人文景观。一道墙，将自己与外界切割成两块，以墙为界，内外有别，隔开的是波诡云谲、凶险怪异和万花筒似的世界，围住的是一片祥和温馨、为心灵与肉体栖息的净土。人们活着，总在防范着许多看得见抑或无形的东西，防范令人疲累，不防范却让人恐惧。自从有了大地上的这些家和这些墙，人们开始在心里生出一种叫“隔阂”的顽疾，并且成为遗传基因，这世界于是有了一种叫“理解”或“博爱”的追求。隔膜太久防范太深，大家都累了，所以寻求被理解的境界与放开心怀实行博爱的境界，这毕竟是一种进步。

我说过，大地上的家是人结在岁月中的巢，无数个巢构成人间万象。家是族的细胞，族是社会的细胞，社会归于“国”；国又是世界的细胞，地球才是人类共有的“家”。因此我想起“天地如巢”这四个字。天地是一个大巢，所有的人类都是它的蜜蜂。贫富生出不平，荣辱生出恩仇，死生生出悲喜，离合生出怨尤。滚滚红尘，茫茫人海，不过云烟一片。“竹林七贤”中的狂人以大地为床，天作帐，裸身狂啸，人惊其怪，却不知狂怪之中有大境界和深意在，在他潜意识里，天地万物没有阻隔，形体只是符号，而内心才是真实的存在；因此，有了“天地如巢”的感应。这中间没有玄机。没有防范的坦荡的心灵，是用不着设墙为界的，既不需要墙，当然也就无所谓“家”了。霍去病说：“匈奴未灭，何以家为?”这是英雄论家了。英雄胸怀天下，腹有良谋，“齐家”自在“治国平天下”之后。大禹治水，三过其门而不入；伟人毛泽东，“阏中肆外，国而忘家”。所以大家即小家，小家即大家；家与国，在庄子“万物齐一”观看来，都是一样的。事实上，帝王们常常把国当作了家（私有），而世间许多人却也往往把家当作国，家国之间有时竟无分别的。帝王建都要观地脉、望王气；一般的人，同样也要看风水，以求子孙多富贵。

建都与建家毕竟是人的行为，人的行为总免不了雷同。家是少数人的巢，国是多数人的巢，每个家是一粒沙，积聚成丘便成国。所以睿智的人（如“竹林七贤”）就说屋舍是巢，天地亦是巢，肉体可以不存在。这是一种人天归一之境。

儒学讲究治家，讲究伦理道德，强调贞洁观、团圆观，讲究种种责任和义务；而释家讲求的却是一切皆空，六根清净，以不关红尘恩怨为修持主旨，以内修静观、见性悟道与度彼众生为己任，心中既无七情六欲，自然也就完全无“家”，因此做和尚叫“出家”。

而文人骚客，与佛道之流截然相左，一离家园，便情不自禁地要怀乡，把漂泊当作人生最凄厉的境界。比如杜甫，“飘飘何所似？天地一沙鸥”“亲朋无一字，老病有孤舟”；比方王维，“独在异乡为异客，每逢佳节倍思亲”；又如马致远，“夕阳西下，断肠人在天涯”。贺知章、岑参、余光中等等古今文人，留下许多乡愁绝唱，把那种痛切的人生感喟，直逼入我们的血脉里去。老家的屋檐、月色和依稀的人事，至死都萦回在心头，“告老还乡”也好，“叶落归根”也罢，都沉痛而顽强地眷恋着胞衣之地——那个远处的家。家才是归宿，世间不会有任何东西可以替代它。有一位朋友曾对我讲过这样一个故事：一位老太，三岁被父亲卖给了很远的一户人家，六岁时又被转卖到某个小镇，长大后随夫远走他乡，夫死另嫁，一生漂泊辗转，活到八十多岁，忽然离家出走，凭着一种顽强的意念和某种神秘指引，仅借助十分依稀模糊的印象，朝着故乡的方向走去，历经三个多月，吃尽万苦千辛，奇迹般回到离开了近八十年的出生之地——一个极为闭塞僻远的山村。老家的人面对白发如雪却长跪不起的老太，流下了眼泪。这几乎就是一本人生的传奇。家如一个磁场，我们用一生的时间在引力里跋涉。当有一天我们坐在故乡的河岸，双鬓已斑，听着似曾相识的鸟声，想着故友星散，那种沧桑心绪，会像月影一样在胸肺间徘徊。

这么温馨的人间，是由家组成的。家是我们人生的一部分、梦的一部分、生命的一部分。家是人在岁月里建造的驿站，命运是一匹汗水淋漓的马，从童话的边缘和布满露水的花瓣上飞来，又带走尘世上所有的传奇。

天地如巢，家是大地上凸起的花蕾，我们仿佛是风中款款飞动的蜜蜂。

山中夜雨

山中夜宿，寂然无梦无歌。风翻动满山树叶，搅了一山幽梦，也乱了一山的阵脚。

昏朦的月晕下，主人去了山那厢的守山棚。这小小竹楼里只留下我，还有那野艳的山妹子。泡了一壶茶，山妹子也去了，只留下无言的巧笑让我慢慢品呷。

枯坐无味，便擎了野猪油瓦灯，去照那竹壁上黑色的猎枪和寒光熠熠的钢叉，使我想起这土家族主人当年狩猎时的惊险及赤膊搏杀老狼的智勇。末了便默然，仿佛有难耐的寂寥夜雾般袭来。山中夜，真渴望有满满一碗“苞谷烧”。

忽然有一种异样的声音从竹窗外传来，窸窸窣窣，连绵不断。那声音极轻极柔，有一种十分空灵的韵致，静听又不是风的吹拂。想是什么幼小的野物踏了落叶悄然潜至？也不去深想，挑灯细读线装的《聊斋志异》，不知不觉被那些狐仙花妖的美丽善良与哀婉所感动，便认定窗外异样的声音，有许多妙不可言的深意。

窗外窸窸窣窣的声响渐渐地分明、清晰起来。把手伸出窗口始觉有湿湿的清凉，抚一下竹楼边肥大的芭蕉叶子，居然挂满雨珠。举了瓦灯去照窗口外面那片夜空，果然满眼是凄迷的雨意。那雨线很模糊，丝丝片片如梦幻般碎落下来，仿佛是雾又仿佛是碎细的雪花，沾在木叶上，沾在岩楞上，抑或沾在那些无名的野花上，如寂寞，拂也拂不去。

山雨，就是这样悄无声息地来了，又将悄无声息地去了么？我不禁有几分失望。才一瞬间，雨却真的大了起来。起先是点点滴滴地下，不一会儿便“哗啦、哗啦”地自远而近，且夹着晚秋劲烈的山风汹汹然逼来。那雨，仿佛无数急骤的山灵的脚，踏过屋瓦，泼向溪谷，洒向灌木。耳朵里满是沉甸甸的雨声，它闷了一山，嗓了一山。念着崖畔初放的野菊、幼小的走兽与朦胧在巢中的雏鸟，一定在暴雨中索索战栗；念着明晨起来，满山的残枝碎叶花骨朵，满溪谷在山洪里狂走的石头，便觉这场豪雨倒是不下的好。

夜，如一幅淋漓厚重的泼墨，把天地造化融为和谐默契的一统。山、竹楼都已睡去，唯寨中的竹梆声沉沉地敲了三下，深山里凝重又欢快的岁月，在敲梆人的手指上滑落，如一支过山谣。我想，此时山妹一定也醒着，正如我一样，在这山雨渐稀的三更时分。

岸　碑

无论巉然断崖之上，抑或古木森然的纤道边，还是细雨黄昏的滩涂，那些碑都默立在岸上，凝望脚下滔滔远逝的碧绿波涛。碑上有一种奇怪的文字，入石数分，那字形介于象形与小篆之间，读之令人茫然。江水浩渺，有白鸟从水雾中悄然滑过，停落在沉默的大碑上，如绽开的白花。那碑那鸟，无形中便平添了一种难以言喻的意味，令行人止步踟蹰。

那些碑，不知立于何年何月，只在风雨岁月里渐渐消瘦，竹篾编织的纤绳一次次从碑石上勒过，碑上便留下数不清的深痕，层层叠叠，把那些神秘的文字一点点磨灭。最后文字被纤痕覆盖。碑上的文字是属于纤夫与船家的，外人读不懂，但纤夫与船家却都不愿提起岸上的碑文。有人考证这些即将被纤痕彻底湮灭的文字，是记载路程与某处滩涂情况的，说这种碑只是普通的纤石。

在紫蓝的暮霭里，我走上江岸。那些岸碑正栖伏着许多敛翅的水鸟。滩水轰响着，流向苍茫的远方。碑上的字，已无法辨认了。

在一片断岸之下，亮动着一束幽蓝的火焰，一位老妇人正弯曲着身子，半跪在地上，正如这碑这岸崖，沉静得令人心悸。

这样的夕暮这样的断岸，使我觉得一种阔大深密的寂寥正颤过我的神经末梢。老妇人转过身极惊讶地盯着我，石刻般脸上的那双眼睛恍如幽蓝火光。我发现，她的前面是一块青石的大碑，那上面有新刻的蝌蚪似的文字。纸钱正闪闪跳跳地燃烧，泛起梦幻般的光辉。“我儿死了，十天前沉进这片滩水里去了。”她看着我低低道。“那碑上写的什么呢？”我问她。“这是水祭碑，碑上写着我儿子和在这滩上死去的人的名字。”老妇人拨了一下纸灰，火苗陡地蹿起，青色岸碑笼在一片幽暗的夜色里。于是，我默然。

在故乡的滩涂上，也不知曾经有过多少这样的碑石，几千几百年了，岸崩把它们掩埋了，可又会长出新的水祭碑，刻上新的名字，虽然读也读不懂。于今沿河岸边已没有了纤道，纤夫们都已老去，亦很少再有新的岸碑，岁月里存留的那些也已逐渐风化，或许不久的将来它们都会一一消失，连同那些不忍卒读的故事。而后辈人，也将不知水祭碑为何物了。然而我想，曲折流水上的故事虽已逝去，但生者对死者的怀念，用一种非人间的文字刻在碑石上，并非毫无意义。故乡古老的流水哺育了花朵和五谷，生长着一切美好的事物，当然也应有独属于生命的一缕怀恋与悲哀。碑石无言，却祭奠着曾经征服了惊涛骇浪的剽悍人生。

岸碑隐去，只有滩声，滔滔在天地间：只有巉然的断岸，恍如深沉的梦幻。

梦里河山

北斗星下中国的最北端。

这里群山攒拥，大河奔流。浑圆的落日正悬浮在高山大河之上，仿佛伸手可及又仿佛那么遥远。山鹰扇动大翅划过落日边缘，一声长吠，迅疾消逝在视野。

一条世界上最神秘险壮的大河穿越无尽峰峦流向海的那头。此刻海那头是凌晨，而这里却是晚上九时，暮霭刚刚从森林与河岸悄然升起，断断续续的炊烟也正从那些鄂伦春人居住的桦木板房升起，从石板路的尽头传来越响越近的晚归的马蹄声以及从大河里收网而归的男人女人的脚步声、笑声。但马蹄声和人的声音在这莽阔深密的宇宙奥区，显出一种难以言喻的静，一种恍如隔世的远。就如一枚小石子扔入宁静的大湖，只激起一丝涟漪。这些生活在大兴安岭之北黑龙江南岸的人们，以渔、猎为生，隔着无尽群山与无垠大森林，和外面世界有了全然不同的语言、历史，但却有着相同的关于生死的感受与家国的爱恨情仇。山外人把世界搅得很乱，把历史弄成一团糟，把人生和社会划出许多分野，弄出许多条条框框，然后尔虞我诈、你死我活。山外人无法想象从生到死纯净到只打鱼和捕猎度日的生存状态应该是何种情景，只能推想着他们的神秘和种种不可思议，把他们想象成世外桃源中人的样子。山外人可能永远不会明白，这些人的猎枪不只是用来打狍子和野兔，更是用来射杀入侵的敌人，他们世代用血与枪捍卫着这片神奇的国土，捍卫着他们赖以生存的家园。他们的血管里流淌着快乐和爱，但也流着对侵略者的仇恨。他们像爱自己眼珠一样爱着这条大河和无尽的群山，爱着，并把骨肉植入这片土地直至长出一个国家的尊严。在莽阔的大江上，他们像鱼鹰一样生活；在苍茫的原始森林，他们像山鹰一样生活。森林与河流赋予了他们粗犷坚硬的性格和意志，也养成了他们阔大的胸襟气魄。他们的祖先经历过入侵者的血洗与蹂躏，经历过饥饿与灾荒，他们自己经受过兴安岭大火的惨烈洗礼。但他们依然快乐地在江上打鱼，在土地里种庄稼，快乐地在零下四十摄氏度的冰雪中飞马驰骋，并且饮着烈酒，唱着歌谣，自由而豪壮地活着，像山神一样活着。

我是过客，就静静地坐在暮色四合的江岸，我不认识这里任何一个人，但心里确有一种巨大的感动。我似乎很久以前就已经爱着这条大河、这莽莽群山和这儿的人。河水在渐次暗下去的北极天光下疾奔，急管繁弦的浪涛拍打着河岸，群山呈现一派静谧的灰黑色，只有离我不远的那些鄂伦春人的木板屋亮着灯光。一座木板屋就是一颗亮着的星星，星星串成一片，在我背后闪烁着神秘且美丽的光芒。我忽然想起郭沫若在《天上的街市》里的一句诗：“远远的街灯明了，好像闪着无数的明星。天上的明星现了，好像点着无数的街灯。”坐在河岸，望着对岸的山河，有了一种异样的感觉。那边沃野千里，丛林纷披，我们曾在那里生活得安乐富足，我们把汗水和希望都曾播种在那些肥得流油的黑土地里，并由此收获自己的快乐。那里也曾有桦木板屋，有天上的街市一样美丽的灯火。但此时，我却只能隔着这条大河做一次深深地凝望。就是脚下的这条河，也被一分为二了，河中央隐约浮着国界的标志，船过河道中央便算越过国界了。一条完整的河流，劈成两半，人是可以不越过中间线的，但鱼却不会分国界，水的世界就是它们的世界。人如果变成一条鱼该有多好，此时一定会游过河中央，到那边的河岸去吃肥美的青草，那原本就是属于自己的食物。庄子说：“子非鱼，焉知鱼之乐？”此刻我却明白，鱼比人更快乐些吧。

仰望星空，苍穹一派晶蓝，显出不可捉摸的深邃，北斗星大如卵石，照耀这梦里山河，照着我这从远方跋涉而来的默坐的过客。凉意袭来，夏夜的北极，静谧得令人惆怅。

夜已深，终于抵不住凉意（此时我南方的家乡正酷暑难耐），沿麻石铺就的小路返回农家旅舍。四周宁静极了，只有虫声和夜游的动物偶尔踩出的声响，猜想屋边的树林草丛中一些精灵还醒着，心里就有了温暖，不让寂寞来袭我的清梦。

旅舍的主人是一位鄂伦春族的青年女子，健硕而美丽，善饮酒，爱唱歌。可能我的脚步声惊动了她，她白裙飘飘来为我开门。我道一声打扰，她笑着忽然问我：“南方离这儿有多远？”我说不太清楚，一万里吧？你去过南方吗？她说没有去过的，听说南方很美，四季分明呢。我说南方春天遍野花开，夏天热烈，秋天山清水秀，冬天温暖呢。她露出向往的神情：南方真好。我说北极更美呵，有大森林、大河流，春夏碧绿，秋天火红，冬天银白，像画呢。女孩立马笑出声来：“客人好有情致啊，我们这儿秋天最美了，白桦林无边无际，叶子都红了，真的像油画。不过，谁又画得出呢？漫山遍野，那种红色，分明现出淡红、深红、红黄、红褐、红紫、红中带绿，一眼望去都是一种红色，但每片叶子都有不一样的红，那是丰富生动的红、热烈的红，让人心醉的红，不俗气、不炫耀，沉着宁静，有一种震撼心灵的美呢。”我问她：“那你是不是最喜欢这里的秋天？”她说冬天更迷人。虽然很冷，但天地间都结着冰凌，世界像玻璃似的透明。房子被冰包裹着，森林被冰包裹着，黑龙江被冰包裹着，船、道路都被冰包裹着，人们就在被冰包裹着的屋子里烤烤狍子肉，喝喝酒，拉呱些家长里短，或者唱唱歌，或者听屋外落雪吹风的声音，挺快乐也挺自在的。我告诉她，我看到过一些照片，那上面有北极严冬的一些场景，比如有一个画面是鄂伦春人在冰天雪地的丛林旁搭了一个人字形小帐篷，猎人在收拾着打来的獐子和狍子，老旧的猎枪倚在人字帐篷门边上，情景很让人联想，也很有诗意。女孩笑着为我添上茶水：“那是很多年前的事了，过去我们鄂伦春人靠打猎、捕鱼为生，不知道种庄稼，后来很少打猎了，学会了种庄稼，还成了林业工人，不需要靠打猎为生了。不过，我们捕鱼的传统却没有变。黑龙江里鱼多，大的上百斤，小的十几斤，取之不尽呢。一到冬天，河流结了厚厚的坚冰，人在冰上凿开一个窟窿，用长柄网兜伸到冰水里就可以抓到鱼。许多时候，白天在河上多凿开几个冰窟窿，鱼便自己跳出来，排队似的，有时抓不过来，那些鱼便很快冻在了冰上，用凿子凿才取得下来呢。”见我听得入神，女孩很乖巧地邀我：“这样吧，明年冬天你再来，还住我的小屋，到时一起去凿冰捕鱼，怎样呢？”我想都没想就答道：“一定来，这么神奇美好的场面我怎能错过呢！”

当女孩悄然离去，我依然沉浸在冰上取鱼的想象之中，心里充满了快乐，也充满了惆怅。

凉爽的风从小窗吹入，屋里散发着一种特有的桦木的清香。这座房子全用桦木修造，圆的柱，扁的板，室内梁柱上斜挂着一杆老枪和一张新的渔网，完全有别于我居住过的南方村舍，陌生但却让人生出几分感动。小木房既是旅舍，又是家居，这种感受很奇妙。想起白天乘车所见群山起伏、林海茫茫和黑龙江上船漂国界、涛声入耳的情形，想起这深山老林里的人间城郭，忽然就有了置身梦幻的感觉。

当就着一枕清凉沉沉睡去，我真不知道是我在梦里，还是山河在梦里。只有天上的北斗，独自照耀这梦里河山和梦里的心事，不肯睡去也不愿睡去。

煮肉图
鸿伏

悠然相耳語
鴻伏畫

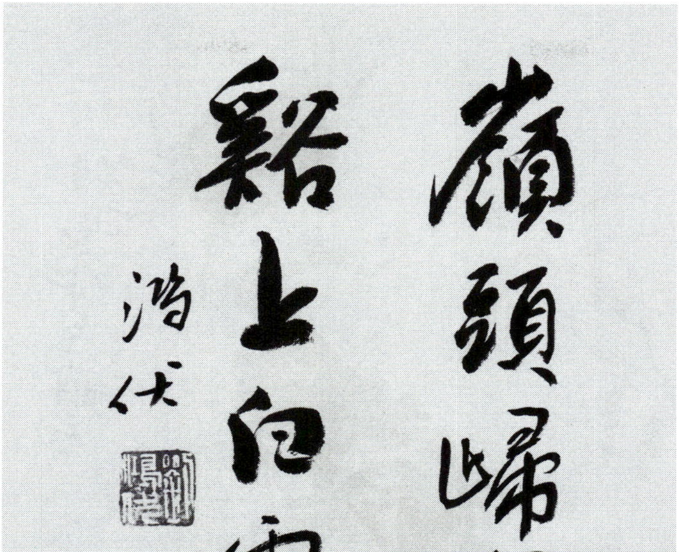
嶺頭歸鳥靜
谿上白雲閒

花与蟹

沅　水

蓝幽幽，明晃晃，冷森森，沉甸甸，无所不在，无时不在，整整三千年者，沅水。这条水系，是古“五溪”之一，因有“五溪蛮”迁徙、生息于此，两岸存留的历史，已深深嵌入那些礁岩断岸，付与月影鸣箫。在放舟远浦白鸟间的三个日夜里，让我苦苦寻觅和怀念的屈原辞赋中常常出现的“沅芷澧兰”已杳不可得。但见两岸秋林索索、黄叶如蝶，峭崖间点缀些红花白藤，洲渚上停落些寒鸦宿禽。先人的踪迹已无处可觅，月色无边里，唯可感知许多碎落如血的诗魂。那些青青峡涧与落寞板桥、搁岸老船，都令人遥想起互答渔樵、孤凄旅迹。循岸纤歌与苍灰色木楼，融为一种古久悠阔的意境和氛围，那是唐诗宋词境界所无法企及的。

没有看到沅水上的龙舟与铜鼓，因此便无法想象这最富情调的客地端午，在凭吊先人时究竟是一种怎样深沉悲怆的格局。在沅水两岸，我却听到了比鼓声更动人心魄的纤歌。那种苍劲而无词无曲的古歌，仿佛永远的存在，与这方神秘的水域和永恒的峰峦，默契为深刻可感的时空，震撼在水波之上峰嶂之上，鹰翅与命运之上。这在我的旅途中，平添了具有哲学和史学的具体而微的智慧、痛苦与灵悟。

如果照录那在水上震荡不已的单音节，录下被烈酒烧炽的喉咙所吼出来的悲壮的长歌短调，那将是一种愚不可及的行为。在一派秋山秋水的陡窄纤道上，我们只需想象四肢叩地的拉纤者，在阳光下艰难移动的古铜色脊背；只需想象长纤在水浪、岸石上，颤动、起伏、张弛的情景。在没有亲临那种如裂帛如滩风如劈石般的纤歌氛围中时，静默的画面或许更能撼动心灵。在沅水泛舟的三天时间里，我不能不震惊于水与人类共同创造的种种景观，如果说水创造了关于人的故事，倒不如说是人用生命与意志写下关于水的铭文。渺渺大水之上，众生如花开花落，智者陋者勇者怯者临水而居，均与水产生默契，并且在水边留下他们至深的眷恋和痕迹。这种人让自然证明，或者自然被人证明的关系，令人感动而无言。

在沅水一些极险恶的水域两岸我看见许多粗粝坚硬的大石上，纵横密布条条刻痕。那些刻痕粗大深刻，沟痕中石质尽成粉末。被水波激荡、蚕食之后，痕愈深愈阔，满眼如惨切的伤痕。这些巨石之上的伤痕，是舟排系缆时勒出的“缆子印”。这种缆子印触目惊心，仿佛是人类用一代代的生命之鞭，在大自然身上留下的无语长文，令人不忍卒读。刻在无生命岩石上的伤痕，必以有生命的人类作双倍创伤为代价。而岁月将其中所有的细节和开始都省略，只留下结果让人用别样滋味去演绎，且这些留下的结语，亦将被匆迫的岁月风雨悄然抹去。但这并非人的悲剧。能创造第一条岩上伤痕的沅水船工，他们同样会用另一种形式让自然证明人的存在。

除了“缆子印”之外，在沅水丹崖霜渚间，我发现了另一种独特的悲怆的事物，那就是篙眼石。在辰洲滩、父子滩等湍急狞恶的水边山脚，矗立着许多黑色大石，这些石头多系万古凝铸的砂石岩，其坚如铁。在它们身上密布着蜂窝般的酒盅大小的洞眼，浅者三寸许，深者盈尺。是什么神秘的力量将它们戳出万千坑眼？驾船的老翁告诉我：“这些石上的坑眼，是竹篙撑出来的。”这使我惊讶不已。想那些大水之上疾漂如电的舟排和舟排上手握丈二青篙的汉子，是怎样在轰响的滩声里，在命运悬于一瞬的时刻，长篙疾点，篙嘴与巨石撞出噹闼大响，凭了这一撑一缓之力，乃得以定生死于眨眼之间，思之悚然而惊。那些漂走滩涂的船工，谁也不敢说哪一只篙眼是自己戳出来的，因为一个人用一生时间不可能戳出一只篙眼。每一只篙眼，都深刻着战胜苦难的意志和力量，回荡着世代的篙声。而这些石头的眼睛，只有在大雪融化时才会流出泪水。这水与石与人共同完成的怆然韵律，该是一种怎样不朽的人与自然的默契呢。

还有一种即将消逝的“寡妇链”。在沅水中段瓮子洞等一些峭崖下，那种巨大沉重的铁链，在秋天的阳光下闪烁出冷寒的光芒，粗如小圆桌的铁环，串成绵延河岸数里的巨大锁链，穿入铁青色的岩壁，又穿入铁青色的岩壁，沉甸甸地垂下河滩。那些桐油船、篷船和大排，全系缆在铁链上，每遇惊涛骇浪的洪汛期，那些胳膊粗的长缆，便绷得铁链当当作响，而深嵌岩石的巨链，千百年间依然牢固如初。这种寡妇链是沅水独有的，它最先出现于岸崖之上时并非为拴缆，乃是岸上的女人们祈求做水上营生的丈夫平安归来的一种近乎巫的迷信符咒。但沅水太险恶，死于水难的船上汉子太多，这岸上的铁链便改叫寡妇链了。寡妇链，你是无声的祈求还是沉重的悲怆？你锁不住一泻如注的苍茫逝水，拴不住天地玄黄的生命之蕊、往事之蕊。沅水两岸，很多东西都永存着，而寡妇链，却一处处地消失了，在那些临水的高岸上，只留下依稀的印痕，仿佛提示逝去的往昔岁月，它的失去应该让人欣慰。

缆子印、篙眼石、寡妇链，组成沅水独特的美丽悲怆。在它遍岸的红叶树和鹰鹫的唳声里，我感到血脉里有种重如铅质的涌动，而沅水是我的异地。那些古老的塔、寺和吊脚楼，那些鸡犬之声相闻的巴掌大小的粒粒山镇，以及那岸边、水上的人和事，于我都极陌生。当我的小船悠悠地流向苍茫的山水夕照中去，我感到这宇宙间，充满了一种灵性与默契，这种无极的境界，源于这派碧蓝的流水。这水，生长哀愁，也生长一切美好的事物。

夜的南岳

野浴

从山麓至半山亭，十五华里。把那些铁瓦石墙的古寺与森然大石一一阅过，已是暮色四合。叠嶂间袅袅地漫起烟霞，野鸟磔磔于山树。当此之际，唯闻山中人语而不见人走动。至麻姑仙境，见半亩石坡之上，有清澈水帘倒挂于苍碧枝柯上，水声清脱，风亦爽然，而石坡莹莹洁净无伦。白天炎阳直照，加之手攀足蹬，已然汗气四溢，衣沾肉上。陡见净水，爽然作丝竹声，心中便生出野浴的念头。况空山林静，空无一人，真是难得如此舒展一次。遂脱去短褂，从行囊中取出手巾香皂，跃入那晶莹水帘。水从肌肤滑落，那种快意与刺激真是难以言喻。默坐石上，任跳珠幻起五色虹彩，人便如入梦幻。想这天地之间，有片刻坐化为石为非生命，实是莫大幸福，不思不语，任生命之水柔柔地清凉地抚遍肉体与灵魂。疲惫的人生有宁静闲散如斯，夫复何求。见水从绿柯上跳落，复从身上跳落，最后泄散在莹莹石坡上如水银一般月色一般，才觉出自己竟成为这一风水韵律中一段静默旋律，与造化合二为一。是我融入自然，抑或是自然融化为我，真是不得而知。山中寂寂无声，唯水打石镜，倏忽流远，便想起这山中岁月原来洁净得太过阒寂，无始无终，繁复轮回又单纯剔透。人之灵性乃于这境界里得以尽情演绎，消除琐碎俗念，虽不能成佛，却也可以顿悟平生。其时山树空蒙，钢青色山岭那边已有一线银白光流泻出，想必将临山高月小之境了。而风声水声谱成幽美苍凉韵调，几至寒气从石上、水中、树叶上渐渐逼来，野浴便只得告终，而身心犹疑在梦幻中。

山月

夜宿山中人家。初，主人杀鸡摆酒，在禾场上设了小桌，话些山里人事。酒至半酣，屋边数块光亮之处跃入眼帘。细察之，原是数丘巴掌大小的山田映了初升山梁的月光而现出一片梦幻光辉。主人信口念一山谣："岩砣房子大，山田巴掌大，蛤蟆擂钵大，月亮箩筐大。"山中土语，这野谣念起来竟十分动听，唱歌似的，颇具苍凉意韵。忽然想起一句古诗："袖里乾坤大，壶中日月长。"醉中观远近山岭，已大非日里境界，似烟似云，欲飞未飞，迷蒙处偶尔跳出几粒灯火，甚显诡秘，令人怦然心跳。山中日月于酒杯中怡然游弋如美丽蝌蚪，不觉间便倏忽无踪。大喜大悲或清清淡淡的日子俱从石罅、水声、木梢中寂然远逝。遥想古时隐者大逸，终老林泉，对酒当歌或月下清啸，其中跌宕心境又有谁识得。至于山中土著，于那高崖峡谷伐樵种粟，披绿箬而荷弯刀，云间星底来去，亦如野鹤闲云，虽有许多艰苦，然坦荡悠然却也有的。

月亮果然圆大无匹。东边那一极险极高峻的断崖之上，晃眼的大月正笼着一巨大月晕，那晕，仿佛神秘而遥远的圆。独坐深山之中，对着寂静无声的月，人便浑然化入虚空中去，除血管中有奔突之声如远处瀑声，生命恍如不存在，完全稀释、幻化。月下或许有野谣有樵语有晚籁有风流水走之韵，然而此时的世界几成空蒙一片，无色无声。有雀鸟疾速地划着美丽的大弧掠过月影。忽然想起故乡也曾有过这样的月，这样神秘的巨大月晕。

二十年后，坐在苍莽大山中，才蓦然发现，头顶上静默的月晕，是一副古老的木枷，只余一片山高月小的境界。谁说得清楚，因月而引出难耐的乡愁，山树和人不知，月亦不知，这样的境界里，我毕竟是我，难以超凡脱俗，天目未开，永远做不了隐士的。

天风

爬完三十华里陡峻山道，投宿山巅高台寺。夜半，披衣读贝叶伽傩，觉菩提树下的顿悟及彻悟，实属不易。悟道与悟禅毕竟需大智慧。我辈俗念过重，至于那大空灵与大糊涂的境界，永难企及。其时，上封寺木鱼钟鼓之声隐约传来，极顶之夜，风声如涛似浪拍窗穿石而至，一种难以言喻的氛围令人战栗。

坐不住，便步出森然寺门，蹭行隐入怪石深树中的山道，至上封寺。星月的微光里，便见有断墙数垛、铁炉数尊，怆然默立。庙堂幽邃，若有神鬼山妖笑行其间，心生恐怖，不敢深入，独自折往望日台盘膝默坐。石上寒气直逼入血脉里去。

风浩荡而来。由于山势走向的缘故，山之阳，风声沉雄如长河泻落深潭，轰然震撼天地之间，浊重、宏阔、猛烈。人坐石上，仿如陡落深滩，气为之短促，懵然如临灭顶之灾。山之阴，天风削过巉然高崖，刮过古寺铁瓦，旋动拳头大小的山石。风声怪厉神秘，半空里发出锯铁刮金之声，尖锐刺耳，令人两股战战，脊背之上如有鬼怪用铁爪撕扯。

神秘、恐怖、刚猛，巨大山石如沉重花瓣，似可在顷刻之间被汹汹大风吹落满地。想这天地间滋生的威慑之力，足可令一切生命与智慧匍匐战栗。夜，深沉如海，人被浩荡天风所吹动，恍如小小草芥。

终于抵不住自然界这种深不可测的巨大逼迫，在风的旋动啸叫与月的沉静深远中，匆匆攀石附草而下，身上一袭大衣，已不知何时被风从身上揭走，茫茫大夜，已杳不可寻矣。四围有大寒冷破空而来。而此时季候，正是孟夏。

我想起漂泊

窗外壮丽如颂诗的金红火球正向人类生命的峰峦落去。无与伦比的肃穆在紫蓝的宇空弥漫，那种神秘恢宏的令人魂天归一的境界，世上任何一种智慧也难以企及呵。

生命，面对夕阳里那片永远黛绿着的沉默的巨大山影，那正变得渐次轻盈起来的大地的征帆或墓碑，花蕾般开放。此时，我想应该有一支苍凉美丽的古歌或者类似贝多芬的《命运交响曲》，向极远处那生长着一切美好事物也生长哀愁的青山一阵阵地倾泻，一遍遍地亲抚。应该有充满灵感的手指，伸向那片如烟的夕阳山影，去感知永恒的滋味。

而我，只能永远滞留在这喧嚣的城市——这让我疲惫与辛劳并让我莫名地烦忧的人之巢穴。一只工蜂，我只是工蜂，生命嗒然垂落在这都市黄昏的某一个不起眼的窗口，太多的感慨令翅膀沉垂。梦中的蝴蝶纷飞，停落在往事的花蕊上，那是一种关于灵魂的写意或象征。

我想起漂泊。那是属于生命的一种潇洒。完成一次孤独的旅行，比完成爱与被爱的过程都来得完美而深刻。

然而，生命却注定要成为一种藤状植物。在都市四方形的空间，在桌子与椅子之间，我只能长在岩石一样微寒的办公桌上，饮些墨水，吃些铅字，成青青黄黄的一株，在岁月里蜿蜒又蜿蜒。生命是一株藤状植物，妻子和女儿是藤上开放的最美丽的花朵，而果实，已是累累。

我怀念漂泊，在一些梦幻般的河流上水鸟一样滑向山深处，宁静而悠远的月，照在头顶，让灵魂变得透明。去陌生的极地旅行，看路边的叶子青了又黄，伫望夕晖里孤单的火狐被落叶所惊，没入荒野。可以听木桨欸乃，幻想许多种奇遇，在一些陌生的风景里发生。让忧伤或者柔情，痛苦抑或孤独，一次次撼动心灵。我想起，在某一时刻，在异乡的旅店或草地，去际遇艳丽的多情少女，她身后的小狗作喜悦的吠声。黄昏遂成一种久远的回响，逝去的美丽记忆，那种伤悼与爱意，永远溢满心间。

而我不是漂泊者，只能在这黄昏的阳台上一次次默想坐在某一片故城的废墟上，吹一支长笛，吹出满城乡愁。此时，我居住的城市的上空正布满了牛皮癣一样的云朵，街树是永远零乱的绿霉。我只能把自己压缩成一张小小的月票，盖满太阳的邮戳、月亮的邮戳，交给拥挤的车厢去邮寄，从春直到秋，从东直到西。活着是多么美丽，然而我却怀念漂泊。我知道，世间有许多人，在此时此际，在沉静的暮雾中，在波涛围绕的绿岛上正豪饮着烈酒，哼着歌子；我知道，此际正有人在旷漠的荒野感受白云苍狗、人生如过客的潇洒苍凉；我知道，正有人在山中黄昏的野猪油灯下谈鬼的故事或读蒲松龄的《聊斋志异》。那是在陌生的远处发生的事情。那些漂泊者有福了。

我只能静静地凝望，凝望这世上失去的或正在失去的一切，夕晖已经逝去，而生命正从远处升起来，月一样晶莹而辽远。

石　骨

把篷船拢在湖边危石下，画家和艄公上岸去买酒。从船舱往外望，暮烟在辽无际涯的水面弥漫，白色水鸟穿行在冷寒的空气里，被风吹得斜斜的如纸鸢。岸上有一些枯黄的芦秆和忍冬花点缀，使人感到那土地里微微的暖气在逐渐消失，毕竟是寒冬了。心里便想，古人为什么老爱画那些寒山瘦水，画那烟水中的石头，其中一定包含了一种很强烈的生命意识的，这眼前的风景，不就很容易让人想起人生况味和生命的萧索来么？听水声由近而远，由潺潺之声渐渐扩展开去，在远处汇合成极博大厚重的律动。篷船就在这种博大厚重中优美地颤曳，蝶翅一般，人在舱中横卧，便如蝶翅上一脉气韵生动的经络。铅灰色的云朵移动于天空，水声呢呢喃喃，在一片瘦水寒山的背景下，人，是只属于诗歌与绘画的，这么阔大深奥的大自然，却有明澈的智慧与之息息相通。

画家和艄公踏了岸上枯黄的草色携酒而来，在船舱里生起火，煮那肥大的鲤鱼。就着火光，我翻着元代倪云林的画册，那上面满是茫茫烟水，兀立着几片孤高顽石，很有些荒凉。想不通倪云林为何偏爱这些石头，春花灼灼、百鸟和鸣，不是更好上画么？问画家，画家笑一笑：“古人作画，讲究的是心灵与事物的神韵沟通，一竹、一石、一桥，皆流动着画家的情绪与思想。”再看画上的瘦石，似乎真有画家所说的那种神韵，想必倪云林画它们时，心境定是一派清凉落寞了。忽听艄公喊：“看，落大雪了呢。”急忙望舱外，果然有巴掌大小的雪花落在岸上芦丛和石头上，落在浩渺水面和船篷上，簌簌有声。画家说：“喝酒！”三人便围着一锅沸腾的肥鱼，喝那极烈的白干。喝得兴起，艄公便以筷击碗高唱，不想粗犷剽悍的艄公居然也是一位雅士，难怪文化馆馆长要请他为我们掌篙了。画家已有几分醉意，凝望大雪中那片拢船的瘦石，忽取出画笔，蘸了浓墨，在画板上疾挥，顷刻竟有数片苍凉瘦石凸现画面。那石，兀立烟笼的逝波与空蒙大雪之间，是南方河流与湖泊中常见的被岁月磨洗削蚀的那种，单薄，有水蚀的孔洞，却耀动铁黑的光泽，冷峻、坚硬、孤高，很容易让人想起李贺“上前敲瘦骨，犹自带铜声”的句子。画家在画面的右上角用古篆写了“石骨”两字，掷笔举盏，神情肃然。落雪声，水浪声，船篷被风推动的“啪啪”声，岸上枯芦的断裂声，如一支苍凉美丽的古歌，摄人心魄。默坐舱中，对满天鹅毛大雪，忆起李太白“燕山雪花大如席”的诗句，便仿佛北地的严寒从远处袭来，天地之间，一船，一棹，一画，一盏酒，却也可以寄托无限情怀。问画家何以将画取名《石骨》？画家已醉卧榻上。

簌簌的大雪中，拢船的那片瘦嶙嶙的危石，无声兀立于夜色空蒙处，推涌的水浪在它身边碎落成泡沫。我忽然有些明白画家将画取名“石骨”的意义了。石本坚硬，却往往为风雨以及波涛所削蚀，在漫长的岁月里便只留下石之骨。这石骨在河流、湖泊中常有，在野岭荒谷间常有，废墟、榛莽间亦有。石骨，于天地间趺坐如佛，静观万物变幻，并以灵魂与宇宙对语。日出是一首歌，日落是一幅画，石是不寂寞的。落雨时任流水汹涌而去，风来时便把它当长笛。即使所有的景观都改变，那石之骨依然沉沉如铁，如黑色火焰。想起画家讲过的一个故事：画家曾因独喜画长城的秦砖和圆明园的残柱，被冠以“封建主义残渣余孽”关入牛棚十年，在其“认罪材料”中画家有“秦砖、残柱，石之骨，历史之骨”句，其受尽折辱，竟无“悔改”之意。于今画家再不画秦砖残柱，独爱画石，画那些山水洞穴间嶙峋、苍古、幽独的石之骨。世间万物，或许都有骨，只要你感觉到了，它们就存在。

夜深雪止，艄公披了蓑衣将篷船撑往岸边芦丛避风处。拢船的危石已渺，偶尔有水鸟啼声从大雪覆盖的芦艾深处传来。眉月在天，天地空蒙，人和船，渐入雪国梦境，不再作石骨之想。

大虫師傅
似懶非懶
一個虎撲
現出前生
朗暢軒主
安化鴻伏

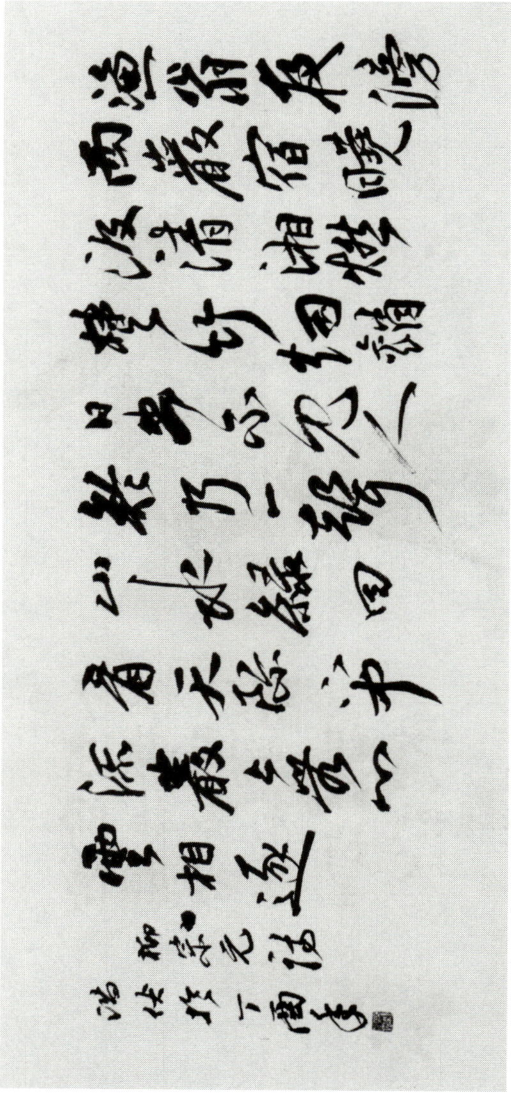

池上月

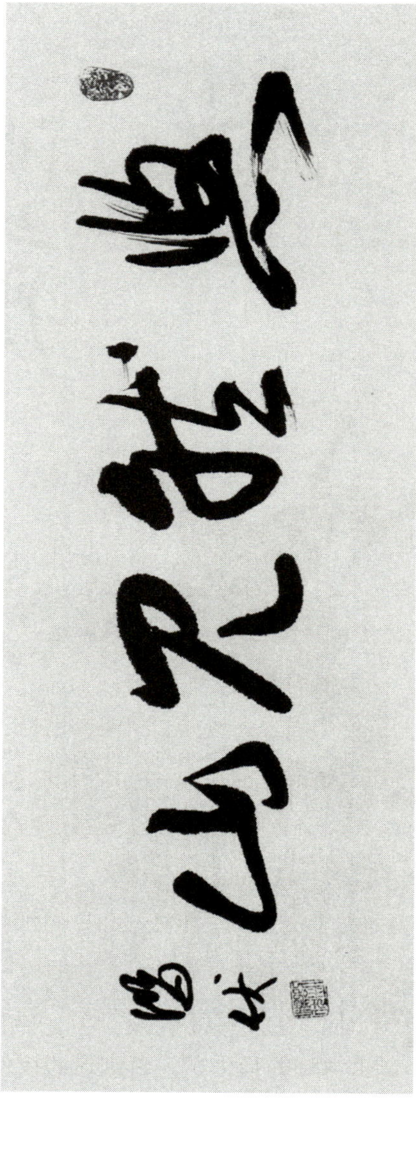

夜酌牯岭

牯岭之夜，雾沾人衣。秋气从岩壁、泉瀑及树梢逼来，顿生寒意。白天看尽了匡庐大泼墨意境的山水，清夜便难耐寂寥。名山之中，唯庐山才有街，有街自有沽酒处。夜酌古山，必然雅致。

觅得一小酒楼，独自点了石鸡、石鱼、石耳，拈了牛眼睛大小的酒盏，一人慢慢斟来。此时窗外雾气拍崖而至，汹汹然似含泉瀑之声。山中景物已是模糊，四周太寂静。举箸食“三石”，又有酒香四溢，这清夜，不至淡而无味了。

邻座有拉二胡者，曲调间似有风声爽然，泉瀑潺潺然，而婉曲跌宕中分明又含一种难以言说的苍凉意味。山中听曲，另有万壑千岩，总令人默然。片刻，又有歌白居易《琵琶行》者，至“座中泣下谁最多”，令人遥想当年白香山谪九江，夜听琵琶情景。想不到今人亦有能唱《琵琶行》者。停杯注目，看那歌者年不过三十，竟是一风姿绰约女子，心里便惊讶。又听那女子对拉二胡的白发老者说：“教授，拉一个《二泉映月》吧？”语气极谦恭。心想，这必是哪个音乐学院的师生了，否则这清夜何来雅兴？何况，现今能唱古诗的，已是寥寥。

酒已半酣，胸中如有硬物哽塞，想起人生种种，潇洒出尘的独酌，已属望外了。默诵一些关于庐山的诗句，便觉李太白、苏东坡、白乐天诸人，果然智慧无匹，于造化之中引发万古不朽的灵性光辉，凡人怎可比得。山中风渐大，莽苍苍一山木叶躁动不已，远处泉瀑声隐隐传来。默想天地之间，有一颗孤独的诗心明灭于高山上，遗世独立，不甘泯于荒草。此际楼中灯火荧然，教授与女子已下楼去安歇，稀落落的留下三五饮者，犹抱杯不舍，以慰这羁旅心思。

停了酒盏，独悟山中岁月之从容、清澈。想人生种种遭际，原本不足道的。窗外夜色虽浓，犹可用耳朵去听风景，心灵所至，山川栩栩欲活，较白天景象自大不一样，有朦胧深邃之境，有灵光浮现。造化于人抑或人之于造化，是可以达深刻和谐的。无论风水之韵律与洞谷之奇谲，次第呈现心中。夜深独酌名山，应可开天目大穴，见出世界另一种结构吧？

夜渐深，窗外雾气不知何时已悄然逝去，下得楼来，于湿漉漉天街踽踽而行，远处山影苍凉，月晕笼在天际，夜空透出莹莹的湛蓝，一种深密无比的宁静，笼罩四方。踱向“月照松林”，近汪精卫行宫，听风声萧然，林中似有精灵絮语，若非仗了酒意，真怕抵不住这自然摄人心魄的巨大宁静了。至夜阑星稀，便有了一种羽化登仙的感觉，高山雾气又浓，令人如坠梦幻。

夕阳里的野滩

资江千里锦绣。那帆飘烟水、鸟唱层峦、兰生沙渚、风渡野谣的情致，让人想煞爱煞。不过，这夕阳里的野滩，算不算资江的一处风景？安化人给它取名扁担滩——多了些艰辛的意味，少了些野趣诗情。或许因它滩陡水险，数里荒滩芦蒿丛生、乱石森森。但野滩自有它独特的韵味，让人难以忘怀。

野鸟翩翩

野滩极少人迹，虫鱼甚多，加之水草丰茂，这里便成了野鸟们的天堂。那些呆头呆脑喜欢钻草窝子的野鸡野鸭，那些鬼机灵的蒿雀、黄尾白喙的沙婆子（一种野鸟的俗名），那些长腿鹭鸶、墨黑沉默的野鱼鹰、小不点的鲣鸟，成百上千的鸟儿，在这片滩上嬉戏、栖止、繁衍，组成一个和谐生动的世界。

当滩水金烁烁颤悠悠流进梦幻般的夕阳时，野滩顿时热闹起来。各种鸟声远远近近、高高低低、断断续续地颤过来，渐渐变得激越、密集，汹汹然，浪潮一样淹没了这野滩。滩上胭脂色的暮空中，满是野鸟多彩的翅膀。那很笨拙地扑腾着和落霞一齐跌进芦蒿的，一定是野鸭了；那闪电样在夕晖里炫耀金色翎羽的，一定是苦哇鸟了。不过，无论那些翅膀如何地带着喜悦和炫耀在轰然的滩声之上颤动，比起那巨翼如银的鹭鸶的舞姿来，却是很逊色的呢。瞧！数百只鹭鸶正从水雾缥缈的滩涂上齐崭崭地飞起来，闪烁成一片晃眼的银白，急速升上高空，渐飞渐远，融入一种宁静淡远的境界里去。

黄昏的野滩不再清寂，弥漫着生的欢愉，你的灵魂于无意中随了那一啼一飞抑扬不已。

狗渔

资江上渔猎的人极多，不外乎网捞罾取。

狗渔，这种奇特的渔猎方式，如果没有上过这野滩，你是想象不出的。

这滩水极险，无论舟、排都难以靠拢。岸上无路，只有离滩八九里的起伏山脊上，才有被樵夫和野物踏出来的窄窄山径，可通到这片野滩。

野滩上坑、洼、沟、沼极多，每当资水上涨，滩水便夹裹着无数的鱼类漫上荒滩。有泥有岩缝可栖，有蜉蝣蚯蚓水草可食，鱼得其所。岂知滩水一夜间退走，那些贪吃的草鱼、鲫鱼，笨头笨尾的娃娃鱼、黄角鱼，便只好留下来，望河兴叹了。这可美了那些打鱼人。

由于路不通且太远，难携罾网，有人便开始耐心地训练好狗儿。滩水一退，便牵了狗，背了鱼篓，走几十里山道在夕阳里汗涝涝地踏上野滩。然后坐在被水洗刷得十分光洁的石头上，燃了叶子烟，把手指含在口里呼哨一声，那细尾的狗儿，便闪电般射向远处的草泽之中。夕光颤动的浅水洼里，活泼的鱼儿正闪闪跳跳，十分的快乐。狗儿也很快活，狡黠地哼哼着，盯了那三两斤重的肥鱼，用尖牙极斯文地叼住，轻轻松松奔向坐着抽叶子烟的渔人。狗儿在浅沼与鱼篓之间来回奔跑，作喜悦的吠声。两顿饭的工夫，那渔人便携了沉甸甸的鱼篓，燃亮手里的枯树枝，缓缓地消失在渐浓的暮色中。

这野滩上的鱼是捉不完的。

因为滩水每年要涨上四五次呢。

会唱歌的石头

当夕阳渐渐淡去，夜色将来临之际，野滩上的鸟声忽然沉寂。一种难以言喻的清凉寂寞如丝丝缕缕的暮霭浸入肌肤。

此时，便有劲烈的滩风湿漉漉地吹动。无垠的静寂里，你会听到一种很奇异的声音在时空里弥漫、流淌。那是一种杂乱的合奏。有的沉闷浊重，有的尖锐短促，有的轻柔婉转。初听十分单调，继而觉得动人，这便是石头的歌了。

野滩多异石，或玲珑如眉月，或殷红如珊瑚，于斑斓的野花百草间闪耀。但美丽的石头不会唱歌，唱歌的是那些丑陋的石头。

因长年水蚀，滩上粗笨的大石多生孔窍。细细搜寻，会发现临水的石头布满蜂窝般的小孔，风从滩上吹来，便发出“笛笛”

的奏鸣，且随风的大小而抑扬。那水中空窍极大如瓢状者，风起水涌，嗡嗡作响，令人顿生苍凉之感。滩上地势稍高的地方，有一巨大水蚀岩，中空，石表有或长或方、圆扁不一的数十个孔窍，每当劲风一吹，便如笛如箫，似瑟似琴，呜呜咽咽，百音齐鸣。

这风与水创造的音响，在夕阳的野滩起伏震荡，真切而深刻地深入人心。

在野滩，石头不是冰冷的梦境，石头是会唱歌的呀。

夕阳山影

站在南方的旷野，我感到黑土地如波涛般无声地涌动——朝向远方那美而苍凉的夕阳。那些夕阳里的山，错乱地钉牢在大地上，它们无声无息地造出那么浩茫的不平和跌宕，而且似凝固的一张张帆，偃卧或者挺立，把它们无垠的阴影扩大开来，渐渐笼罩着生命的原野，笼罩着古和今。岁月就像蚕一样软软地卧在它们的阴影里，不动声色。

夕阳的光亮闪闪烁烁，很不真实，似在很远的地方，又仿佛近在咫尺，那些光亮像金币一样纷纷失落到幽深的植被里去，漏进岩隙和土地里去，只剩下阴影，渐渐与山影融合在一起，融合成一种亘古寂静的意绪，无声地弥漫。此时，山的影子和夕阳的影子正不可遏止地朝我们逼来。

我们曾那么执着地朝山的方向和太阳的方向跋涉和寻觅。岁月像路边的一些野草，一茬茬枯萎了又发青，我们总是走在无边无际不动声色的岁月里，正如走在这连天的草莽而不觉。岁月总是那么虚幻地逼近我们，我们每一步都踩在它的迷雾中。然而我们只感觉到了山与夕阳的诱惑。山离我们那么远，夕阳离我们那么远，但山的影子和夕阳的影子却那么近，我们用毕生的时间，试着去接近它们，有时甚至已站到了山和夕阳的阴影的边缘，但我们感觉不到，是的，就在这迟疑的片刻，岁月已垂下它无处不在的长翅，笼在我们的头顶了。

夕阳美而苍凉，山影那么静谧。人的愿望在那阴影的边缘，如露水中的蝶，无法飞回。我们可怜的肉体无法接近那种诱惑。我们穿过一些陌生的客栈和田园，穿过落花季节或雪天，数那些静默的山峰，依稀闻见季节里的鸟叫。头发白了的时候，我们才忽然悟出些什么，但已经太迟，我们的心头罩满了山和夕阳的阴影。

山的影子那么美丽，夕阳的影子那么美丽，我们用一生的时间走进去了，才忽然发觉这影子根本就不存在，或许是有的，但我们已经感受不到。想起童年站在离夕阳山影很远的地方嬉耍，我们便怅然。此时，远处的田园和田园里移动的牛群，仿佛不真切的剪影刻在风中。岁月像飞鸟一样兴奋地掠过我们的头顶。我们蓦然发现，只有岁月的影子才是真实的，它不在脚下就在头顶，而且用不着去追寻。

夕阳那边是山，山那边是夕阳。人，站在山与夕阳之间，他觉得只有岁月离他最远，仿佛是一种鸟声。这只是人一生中许多错觉中的一种？

江河的遗作

站在这峡谷与大江的交汇处，落日正悬于叠嶂的罅隙，布散着苍凉的余晖。鸟在山与河之间无声地滑翔，被风吹斜了双翅。薄暮里的江河峡谷，有一种撼人的沉寂。伙伴们，尤其是女子们都已驾舟归去，去客馆领会异乡的陌生滋味，我却固执地留在这峡谷与大河的交汇处，恍如被尘世遗下的顽石，蹭蹬于洲渚之上，领会山川的寂寞与阔大的默语。被尘世遗忘，心灵才会安妥。落日下的自然，呈着一种荒旷和原始的状态，让人着迷。遗忘最是不易，遗忘应是尘世间的大境界，被尘世遗忘的只有仙人和逝者；而遗忘尘世，仙人与大禅都难以做到，何况那已渺不可寻的隐士。只有在面对无穷尽的岁月里的原始状态的自然时，人才忽然忘却了从前。峡谷、山川、落日、飞鸟，还有风，和风的默语，还有那些不知名的虫声，才是迷醉灵魂的幻药。

在清凉阒寂的洲渚上，在峡谷的出口，长着壮劲的野蒿和芦丛，稀落却充盈着生机。繁星一样杂乱无章的巨大石头，被水打磨成千姿百态，呈现红、黄、灰、白、青、紫、蓝七彩色泽。那些浑圆、诡异的石头，裸露出排列有序的石的肌理，如刨锯后树的年轮，叙述着岁月的久远和自然的法则。每一颗石头几乎都被水波所切割，并无情地取舍，揭去粗糙丑陋的外表或华美的衣衫，露出石的本质。那些神秘而清晰的石的纹理，仿佛一本大书，难解又易解，在凉凉的落日的光里，在滔滔不已的水声中，最坚硬最顽钝的石头，已然充满了灵性和奇异的意绪，沟通着人与自然，连结着以往和以后。江水在不远处低吟，我读着石头的大书，这是江河的杰作或水的杰作，在一种纯自然的美学原则下，最柔软的水，在任何一块石头上进行过最充满个性的创作，揭示天地间某些最深密博大的内涵。水与石，生命与无生命，热烈和冷漠，运动与静止，柔弱与愚顽，苍老和稚嫩，奇巧与粗笨，就这样以无声无息的状态列阵于天地之间，成一种无与伦比的辩证哲学，令人遐想和沉迷。

有谁真正读过或读懂过那些石头的纹理呢？谁能领悟水波的创意，明了宇宙的大美和非人间的秘密？面对江河的遗作，我们终于懂得自己智慧的有限，紊乱的自然状态却包含有序和无上的哲意。江河是大手笔，完成了这些奇异的创作之后，终于婉转退却到远处星月迷离的河床那边去，而这些江河的遗作终归交给了那无穷尽的充满凉意的岁月。

这使我想起这地球上一些最出名的雅丹地貌，以及无数的布满大地的溶洞，想起张家界二百八十平方公里的砂岩大峰林，想起那奇异诡秘的元谋土林，也想起三峡的石壁和涠洲岛海蚀奇观、贵州天生桥以及许多名叫“一线天”的震慑人心的自然景观。大地上这些壮丽诡异之景，都是江河的遗作，一代代人读着它们，一遍遍读着它们，一次次被震撼，它们留下了永不可解读的大地的谜团。面对大地上江河的遗作，人们充满疑惑和迷惘，只有惊叹才是唯一的表达。

所以人类终于明白了一点：一切自然界的谜底都来自水以及水的创作，水是天地间唯一的大手笔。唯一的不可捉摸的思想者和智者，唯一的有着不可抗拒的魔力的艺术家，就是我们脚下最清凉美丽也最柔软的水。

江水在暮色里絮絮叨叨，现一抹模糊的影像，风声已经急劲起来，不远处喧嚣的人间隐约透出温柔的灯火，如一种诱惑。我心中忽然有一种奇异的感觉，我只是被人间遗落的一分子，此时已经被人忘却，人间像一个梦，我立在梦的边缘，感受梦的离奇和色彩，在布满石头和天籁的峡谷与江河的交汇点，我与自然同在，是人间与自然生出的异种，一半是俗骨，一半是道骨。人间之道，自然之道，都在一个“生”字，“生”才是包蕴宇宙的大道，“生”是包罗万象的。此时在洲渚间我不如一石，却可以感受石与水生成的大文章，感受天地无垠的深邃博大与岁月的古久绵延，感受人间以外的许多东西，可以遗忘尘世，消融于自然的大氛围。我甚至可以不存在，只存在于所有的物象之中。许多时候，我们遗忘了大自然，心中充满了恼人的人事，其时，大自然同样遗忘了人类，成为不相关的另一种存在。而许多时候，可以说人间是大自然的遗作，大自然亦是人类的遗作，相互创作了，又相互遗忘了。此时，人间与自然的分野是如此分明，我是它们共同遗忘的异种。

忽然想起人类的遗作，比如金字塔，比如大运河和长城，比如大地上无数古老的来不及倒塌的古塔和古老的宫殿，比如无数不朽的书籍和发明，比如过去的战争的遗留……那都是人类在岁月中淋漓尽致地张扬着个性的大创作，最后却都要消逝，只成为一种影像，这影像就是生命的河流在大地上保存的遗作，供后人解读和迷惘。生命是一条大河，滔滔沉吟，穿过历史的峡谷，向自然汇合，仿佛一种紊乱的涌动，又仿佛是一种有序的流淌。

只有岁月，这种无形无声的大手笔，在自然与人类的上空，轻轻一挥，又轻轻一挥，便让一切都变成一种令人遗恨无穷的不可解读的大书。

在岁月轻轻的一挥里，自然与人间，都成为一种充满谜团的遗作，凸现于苍穹之下，变幻着梦一般的色彩。

山川、石头、星月、人间，仿佛都已沉睡。

消夏圖
鴻伏畫

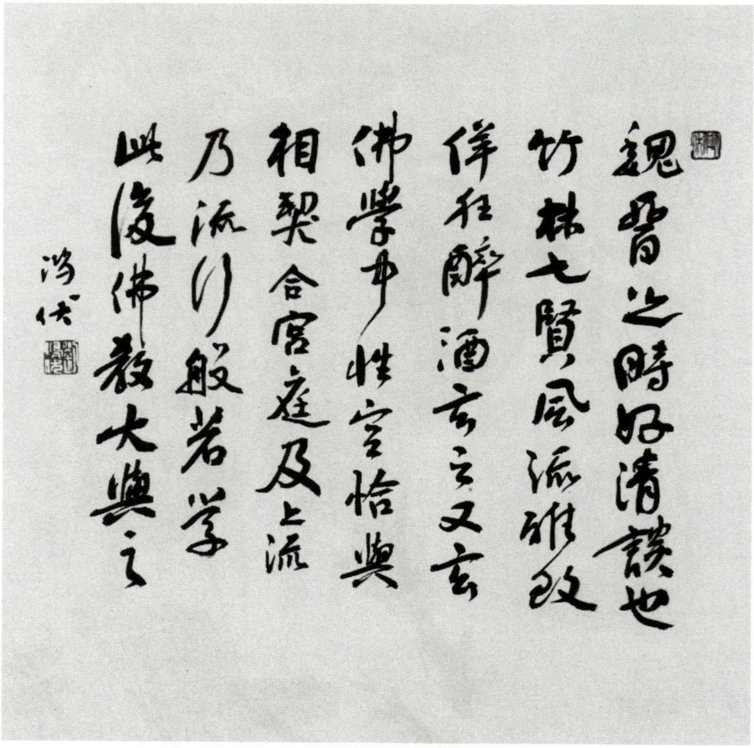
魏晋之時好清談也
竹林七賢風流雅致
佯狂醉酒玄々又玄
佛學中性空恰與
相契合宮庭及上流
乃流行般若學
此後佛教大興々

魚樂
鴻伏

草木之花在人间自有其野逸
清芬
辛丑冬月

岁月的碎屑

这只是一堆北宋的碎瓷片。

在这么幽深寂寞的山居，仿佛十年也不会有哪个陌生人来打扰。当我一脚踏进这几乎凝止的宁静，空气也似乎颤抖了一下，坐在枝杈上梦着远古的不知名的鸟，忽然睁开了眼睛，用一种审视的眼神将我打量。我心中生出一种歉意，我或者不应该从红尘中闯入这么幽深寂寞的山居的。

可是，在这几乎一切都凝止不动的时空，在这山居的某个角落，一束红艳欲滴的牵牛花正覆盖着一堆北宋的碎瓷片。那是我在不经意间发现的，当时我的心不知为什么蓦然生出一种痛感。这种痛感缓慢地渗到我全身的血脉里去。

真的，它们是一堆北宋的碎瓷片。仿佛岁月忧伤的碎屑。仿佛雪花或落花的形状。

我把它们一一从牵牛花下拾起，用一种近乎伤感的想象将这些岁月的残片还原为一只美得令人炫目的花瓶，一只单色釉的有着玉质感的小小花瓶。或者一只碗、一只盘。不管是哪种器皿，都有一种沧桑百劫的非人间的美丽。

可是，它们永远只能是一堆残破的瓷片，它们什么也不是，只是千余年前古人的某类遗留物，那上面叠印着一种已很遥远也很陌生的情感与智慧，我们已无法追寻。风，凉凉地掠过我的头顶，四围的绿色仿佛被桨橹划开的碧水一样一圈圈荡向远处，荡向岁月深处，渐淡渐无。瓷片在手掌上闪烁着七色宝光，轻盈如蝶，现出古远的深邃。记起一句古玩界的行话："宋瓷一片值千金。"在远离红尘的山居，它们被树叶一样多的日子湮没，寂寞像一只无形的手把完整的岁月捏成碎片，在一千年的风霜雪雨中它们依然顽强地保持着如玉质般的骨体，保持着一种非凡的美质，期待着一次奇迹般的邂逅。我无意中走来，怀着深深的怜爱与感喟，仿佛赴一个迟到了千年的约会，这是一种怎样的玄妙的缘呵。它们曾经是很完美而且价值连城的，它们曾浓缩了一个时代的文化艺术，它们苦苦等待过，可是，在漫长岁月中它们却被粗暴地打碎了——仿佛泪的碎落、花的凋零、梦的飘散，令人有了不尽的遗憾。

手掌上，栖息着那些受伤的蝶一样的斑斓的古瓷片。那仿佛是岁月的残屑。或者某个故事的片段。或者一曲音乐的章节……令人揪心的残缺，却有文明的遥影，有历史的气息。

我知道，岁月是无形的，但我们总能感知它的存在；岁月是无情的，但我们总能感觉到它的温馨；岁月是纷乱破碎的，但却常常让我们切实地感受到完全的愉悦或者无奈。我从掌上这些古瓷片中，辨出岁月的踪迹，心底生出一份沧桑意绪。岁月如乡间的磨刀石，世间所有的事物，美或丑的东西都在这石上磨损，碎屑纷纷。瓷器在无边且无情的岁月中破碎，生命在无边且无情的岁月中耗损，只呈现一种无言的残缺之美。

可是，于人生的经验而言，某种残损和遗憾即是无言的大美，仿佛国画大师留下的飞白，充满诱惑和悬念，永远让我们寝食难安。

山居在白云的深处。山居在宁静的无边的绿的深处。山居在破碎的岁月的深处。

瓷的碎片在掌上，仿佛花朵在树枝上。

瓷的碎片在掌上，仿佛斑斓的蝶，要振一振翅向梦一样的北宋飞去，向绿的深处、白云的深处或岁月影中——飞去……

那只是一堆北宋时被烧制过的泥土，可我真的想为北宋时我的先人们哭泣。

古瓷器

忽然一场大雪，满城尽白，阳台有寒雀数只，叫声凄清，把竹叶形爪痕印在薄薄的雪花上，煞是好看。我喜欢雪，当然就懒得去扫阳台上的积雪了，何况有雀鸟在上面歇足，这不期而至的异类朋友，正可聊解心头的寂寞呵。

想着要煮一壶茶或找一本前人的小品，坐在窗前听那簌簌的雪声，并且可以就着热茶或书本做一些不着边际的遐想，心里顿时生出一种许久都不曾有过的快乐。

却有电话铃声响起。

踏雪出门，应约去朋友家看一件新获得的古瓷器，据说是元代的青花，珍贵得了不得。

我这个人平生有几件癖好：爱书，爱古董，爱上好绿茶，当然也爱女人。书与茶不可或缺，古董美人却可遇不可求。朋友得了宝贝，踏雪一赏，这种乐趣，不是常常有的呢。

拍了身上雪花，朋友早将一壶极好的龙井热腾腾捧上来，就着窗外雪声，说他的“奇遇”：昨日去看一个乡下亲戚，无意中瞥见神龛上有一只尘封的玉壶春瓶，取下来，用水洗刷一番，竟发现是一件稀世之物！

“让你开开眼界。”朋友的声音有些发颤。

果然是罕见的宝贝。对了光，就见瓷釉上有宝光四射，器内接口坟起，瓶底脐眼突出，器形线条优美，油光沉亮，青花发色浓艳，是极典型的元代青花瓷。捧在手中，不觉就有些发痴。

朋友极爱收藏，却独喜文房四宝和古玉，对瓷器兴趣不大。见我魂不守舍，忽然就动了怜悯之心：“所谓宝剑赠英雄，美酒酬知己，也罢，你用你书房里那块玉璧把它换回去，算你欠我一个天大的人情。”

朋友如此慷慨，倒令我不知所措了。七百年前的古瓷，价值万金，虽然至交，虽然爱得死去活来，却也不可如此贪心。想一想，除古玉一块之外，另加端砚一方，以二物换一物，也算两不亏欠。朋友听了大喜过望。我在雪中忙忙抱瓶而归。正所谓各得其所，不亦乐乎。

于是用紫檀木匣盛了这件古瓷，安置在书架最显眼的地方，心中的这份喜悦与爱怜，真是无法言喻的了。

想起瓷器是这世上最容易破碎的东西，正如许多人常挂在嘴边的爱情一样。眼前这件宝物，历经数百年，在尘世上辗转流传，居然完美如初，也算得一桩奇迹，于我来说，当然就算得奇遇了。人生的机缘，往往就存在于不经意间，在这样的雪天，读书饮酒之外，独对一件斑斓古瓷，真是难得的享受了。

它应该诞生在某个史书上著名的瓷窑，并且凝结了某位名匠的全部艺术灵感与智慧，或许它曾经为某王公贵族拥有。可是它最后却被人遗弃在乡下布满尘埃的神龛上，不值分文。古瓷瓶的遭际，不正如世间许多人事的荣衰么？时间是一支彩笔，把世界涂抹得面目全非。风吹过大地，一切都在消失，同时一切又在诞生，该存在的总会存在下去，谁说得清呢？

想起这世间许多奇妙的事物，如酒，由普通粮食酿造，却生出水的外形、火的属性，可以解忧，可以无我，一醉飘然，能生出万种诗兴与豪情。酒的奇妙，真正无有其匹。又如瓷，被火升华的泥土，因一双充满灵感的手而存在，这样的泥土不生长五谷花朵，却能变幻出世间最美丽的造型，瓶、壶、碟、杯、洗、枕。美轮美奂的器皿，作为一种历史或文化，千百年间一直传了下来，完美的依然完美，残破的，却也闪烁着逼人的光辉。

瓷器，许多时候无法还原为最初的姿势，因了它的破碎便留下无法弥补的遗憾。可是，天地间事物不常常如此么？比方历史，我们知道的总是它的片段或残缺的部分，永远也无法明了它的整个状态和本来面貌，谁能够还原它最初的姿势？破碎的古瓷不能，历史更不能。这种遗憾，永远令人感喟。而人的生命，在童年阶段是一种境界，在壮年和暮年又是一种境界，而我们永远不可能回到童年，正如谁也不可能重新获得生命一样。又如爱情，一旦失去，就如落地的花朵，不可能再回归枝头。虽然令人遗憾，却永远不失为一种别样的美丽。

窗外大雪纷飞，让人想起张打油的诗：“江山一笼统，井上黑窟窿；黑狗身上白，白狗身上肿。”我以为比许多诗人的咏雪诗都来得野性，来得生动有趣，张打油算得俗中大雅呢。紫檀木匣里的元代玉壶春瓶，完美得令人伤感，正如面对一位绝代佳人，虽然让人至为喜欢，却只可远观，从而读出属于自己的感觉；真正属于自己了，倒觉得有点无福消受了。未碎的古瓷是凝固了的费解的历史，我们只能读出它表面的美丽，却永远无法明了它真正的内蕴，而它的实质，只是大地上最普通的泥土。人在闲暇时的心情，在闲暇的雪天的窗下所具有的心情，也如眼前的瓷器，是一种费解却又清楚得令人遗憾和愉悦之至的存在。

雪天品茶、煮酒、赏瓷，也算人生极乐。

砚中滋味

瓦屋蕉窗之下，茅亭楼阁之间，戴儒巾，着儒服，旁有童子磨墨、红袖抚琴。或绕室徘徊，或据案默坐。对春鸟春花而挥毫，满纸云烟，一管惆怅；对秋月秋声则肠断，临砚涕泣，难成一字。

以上为遥想古人临砚挥毫情景。

红尘疲累，得失鸡虫之间，只落寞枯坐，百般无味。此际取一古砚，临窗把玩，身心忽然如入忘川，对砚如赏山水，读铭如晤古人。赏一佳砚，如赏一方好山水；读一佳铭，如读古人一段好心情。此中妙趣，不足为外人道。

以上为我辈爱砚之人赏砚心境。

初为深谷中美石，琢而成砚。或刻山水，或雕人物，或镌流云，或凿日星与螭龙。或者海浪滔滔，小舟横斜；或者老梅虬扎，隐者踏雪而来；或者渔樵互答于雨烟之间；或者莲荷开于野塘芦雁之畔。牧童吹笛，五蝠天来，龙游古井，虎啸层峦。

砚不盈尺，却如一幅宣纸，可以有中国画的雅趣，可以有王摩诘与齐白石的意境。刀凿往往胜过画笔，一砚带来画外心情。

赏砚就等于赏画，赏砚常能悟出画外之意。

若砚上有铭，铭为古名人题刻，文字介于右军与米癫之间，点如坠石，撇如惊风，竖若撑天之柱，横似长虹卧波，则赏玩之际，若饮醇酒，若品绿茶。先是沉醉心跳，继而心悦神爽。赏古人砚上手泽，胜于观明清碑帖，况且砚上之铭，或言志，或抒怀，或记朋友赠砚之情，或志收藏之意，读之再三，忽然与古人心会，此中滋味，无有穷尽。

以砚为田，如农夫耕于烟雨垄上。春日鹧鸪声声，水田漠漠，一犁风一犁雨，默默只问耕耘；秋日寒风索索，草木摇落，镰锄动处，挥汗如雨，苦中得收获之乐。想古代读书人寒窗之下，一灯如豆，以心为墨，以血作水，将一生从长磨到短，直至于无，砚中日月五味俱全。可以无富贵，可以无良田，却甘守一方小小砚田，穷且益坚，以傲骨作梁，不为斗米折腰，这是今日读书人不及古人处。

以砚为池，池虽小而有大海之势，有包容天地人文、宇宙万物的容量。砚池之谓，其意自深。砚与文明共生，一个民族的历史与文化就是从这小小砚池中流淌奔涌而出的。它是文明之源，也是历史之源，汇成一条滔滔不息的长河，穿过砂粒一样多的岁月和群山一样多的阻隔，曲曲折折流入历史的深处。一个特殊的古国若离开了这特殊的传播工具，那是不可思议的。

于那小小的池面，叠映着秦皇汉武与唐宗宋祖的尊严；叠映着霍去病、岳飞与文天祥、郑成功的忠贞；当然也叠印出忠奸成败、儒道释禅，诗文书画，砚的历史就是人的历史。研磨挥洒之间，已然人事代谢，世局如幻了。

砚池里流出帝王的威权；

砚池里流出忠义者的热血；

砚池里流出奸佞者的罪恶；

砚池里流出智士的思想；

砚池里流出才子们的诗文；

砚池里流出不朽者们的不朽；

砚池里流来——一部悲喜交集的文明史！

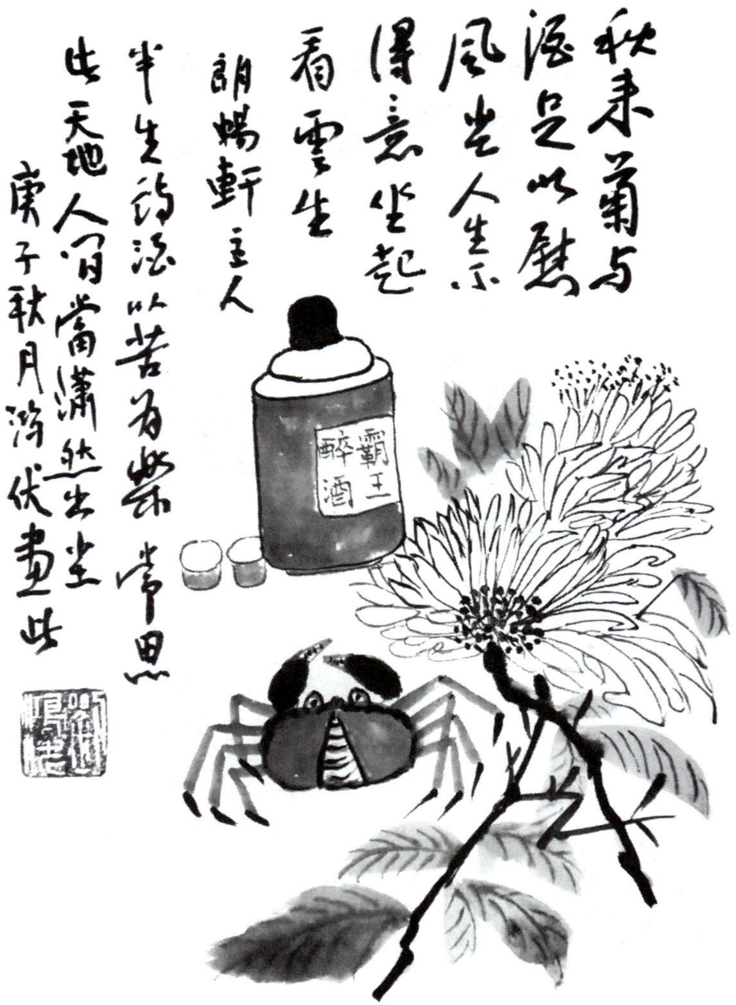

秋来菊与蟹足以慰风尘人生不得意坐起看云生
朗暢軒主人
半生詩酒以苦爲樂常思此天地人間當蕭然出塵
庚子秋月潞伏畫此
霸王醉酒

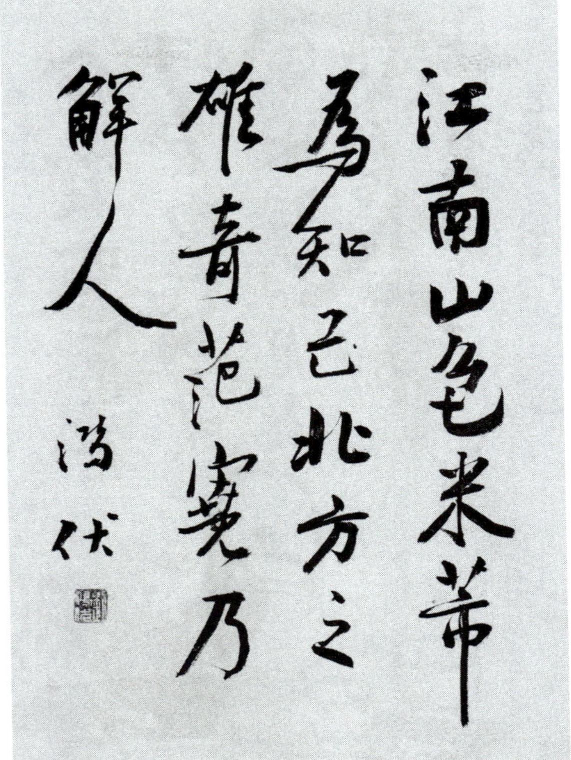
江南山色米芾
为知己北方之
雄奇范宽乃
解人

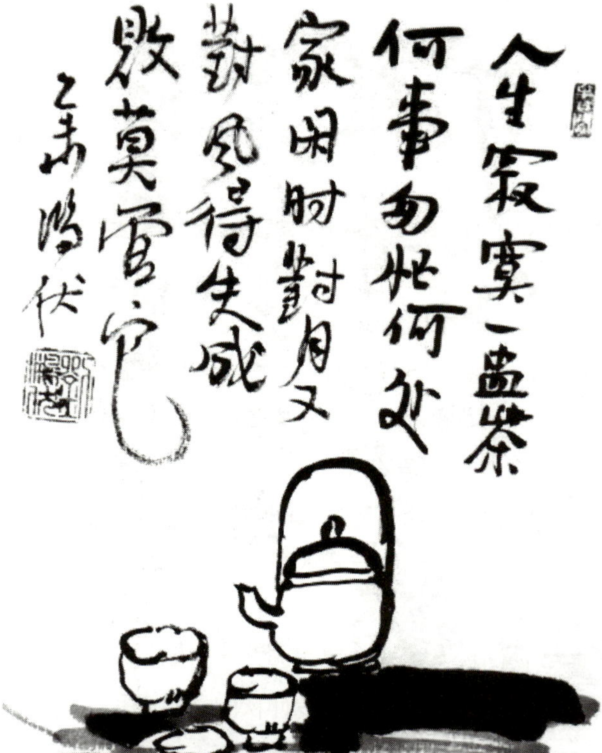

残荷芦雁图

以我的陋见，秋景胜过春景。秋日林疏烟淡，天高地远，于微凉的风中心情便舒展爽朗，块垒尽消。我观古人画景，独喜秋天的萧索，人生的死生聚散，尽在秋风卷帙之中。

秋山秋水固然是别离愁怨场，而瘦竹古桥也算得凄迷人生段落的点缀。古人是如此认为，今人却已茫然了。在情感的寄寓方法上，古人与今人的差异在于：古人将自然万物视为有灵性之物，视为可以倾诉的受众，所以人间情怀完全可以用山水花鸟风雨木石来表达；今人的宣泄方式太多，能承传古人余脉的，也只有少数画家与文人了。

古人画的秋山秋水于我已很遥远，而宣纸、绫绢之中留下来的残荷芦雁，却很令我迷醉。去岁仲秋间，我于长沙宝南街古玩市场一老农手中买得《残荷听雨图》一幅，当时并未在意，因价极廉也。数月后京城两位藏家来寒舍，于书架上取下数卷古字画同观，忽见此幅《残荷听雨图》，认定是清代周铨之作。画面上寒塘一方，塘中残荷老梗全以枯墨写出，参差苍古，颓然交错，残荷半幅之上停一芦雀，神情落寞，荷下风袭微波，凉意顿生。

画境幽清，技法精绝，只是破损多处，幸未伤画意。

考周铨为清代著名花鸟画家，前人说他“工花鸟，尤长荷鹭，人号周荷”。“周荷”的雅号自然不会是虚誉，正如齐白石的虾、徐悲鸿的马一样，非独步当时，难当此誉。我观此幅，虽不见得就是一幅画残荷的绝品，却也望之有大家气象，不仅庸手难以为此，就是后世张大千的残荷，也只在伯仲间。

古人画残荷著名的，如宋代冯大有、于清言（世号“于荷”），明代朱月鉴及清代周铨、周况、周览兄弟，等等。大抵花鸟画家一路，一般都喜画荷之残景，许多作品堪足传世，但专画荷且著名的就不见得多。写残荷，是为写秋景，发胸中种种感喟，都讲究情与景的融通。艺术要求有独特的个性与超绝的表达手法，所以写秋日情怀，不仅残荷，不仅疏林寒水，不仅芦花孤雁，其实一草一木、一石一鸟，都可以抒怀达意。

曾见清代边寿民所画《芦雁图》轴，画面疏疏的几茎老荷，四周是渐枯的芦丛，芦丛荷梗下，有大小两只鸿雁凫于水中，似在觅食。半空中有一鸟斜飞，风声在耳，现出一派秋的轻寒与寂寞。画上动景与静景和谐得妙到毫巅。

我坐秋日的窗下，想起远离这喧嚣的都市的山野间，有着边寿民与周铨笔下的芦雁残荷，有着别样的人生状态与生活的真实，心里便释然了。在我看来，尘世不过是一个马蜂窝，你做一名观众容易，但不幸的是，这世上每一个人都做不了观众，你会身不由己地生活在马蜂窝中，一不小心就碰了它，难免要浑身伤痕。许多时候，你会发觉，丑恶阴暗、偏狭自私的人心就是无声无形的带毒的马蜂。只有案几上的古人画幅，那些秋日的残荷与芦雁，才是疗治心中伤痛的良药。

随手翻看古人的画论，知道宋代的崔白、高焘、胡奇诸辈都是画芦雁的高手，而明代的史旦、瞿杲、钱祖，又是画芦雁的大家；陈应麟、边寿民泼墨作芦雁，几成绝艺。可见芦花凫雁，构成的不仅是画境、艺术境，不仅表达的是秋景与心境，而且也是人生中永恒的那一部分："惨淡经营下笔难，画成不似卷中看；知君连夜江湖梦，折苇萧萧沙水寒。"人在江湖，身心常倦，而梦想却常存胸臆间。虽也孤寒，却也有"横绝宇内"的时候。所以芦中之雁，毕竟是云中客也。

残荷也罢，芦雁也罢，纸上画幅终究有限得很，人才是这天地人间的长卷，才是不朽的一幅杰作！画里画外，风生水起，岁月的笔是常画常新了。

雨意可画

雨景可赏可听，而雨意可画。

论春雨则一川芳草梅子黄时雨，凄迷中现出落花虹影。春雨一到，满世界疯长出诗情、泼洒出画境，大地都做了巨幅的宣纸，一片空蒙，也一片迷离。有酒香有花香有青草的香味，有鸟声有雨声有醺然的耳语与丝管之声。春雨是催发灵感的酒，淅沥中百感萌生。

论秋雨则秋风秋雨愁煞人，离不开一个“愁”字。别离是愁，忆往也愁，孤独失意是愁，漂泊无依是愁。潇潇秋雨，清清寒寒，让人生出许多愁绪，似乎毫没来由。寒夜听雨打芭蕉、雨打梧叶、雨落残荷、雨敲篷船，对景生情，情如秋雨，丝丝难断难消。文人如此，佳人如此，官场人如此，商旅如此。如此这般，天地一笼统，秋雨不可听，听则令肠断；秋雨不可赏，赏则生闲愁。

雨中景物，忽然比平日多了一种迷蒙，船在雨中缥缈，楼在雨中笼上烟霭，树在雨中婆娑，远山近水，似真如幻，空蒙中现出画意。雨景有近景远景、动景静景、愁景怨景、乐景妙景，可以入诗，可以入画。描雨中之景易，绘雨中之意难。

宋之董北苑、僧巨然均曾绘风雨图，前者写春雨中景，后者写夏雨欲来景。论其气势，以巨然的浑阔。王可训甚喜画雨景，传世本有《潇湘夜雨图》，画的似乎是远景，楚山湘水，烟雨孤舟，笔墨浓重，境亦疏阔，透出一派清冷阒寂意境。潇湘夜雨，历代画家多有根据个人的想象将其表现在宣纸上或绢片上的。其实这种山水雨景，是很可以当一篇抒情长文来读的，画中若读不出思想与情感，山水楼亭，必失了灵动气韵与生气。

元代倪云林有一幅《惠泉听雨图》，画中水石亭阁都具朦胧之美，人物则透出肃穆的神情，不仅“画中有诗，诗中有画”，且能让人读出一种落寞与闲愁。倪云林最善画水画石头，石则苍古寒瘦，水则朦胧百变。“听雨图”能写出心中雨意，也算此中妙手了。又见明代戴进一幅《风雨归舟图》，以三分之二画面画山峦树石，并以枯墨大笔斜扫画面，一种大风雨的气势与劲烈呼之欲出。大雨滂沱如泼，山谷间暴起一片晃眼的浓浓雨雾，树木摇撼，山鸣谷应，声势夺人。而画之下部突出一叶孤舟，艄公着蓑衣，长篙斜握手中，似乎站立不稳。近有一桥横水上，桥中间有人用力斜撑着雨伞，正在进退两难之际。这幅风雨图，应该说是极写意极传神的。观画之人一见它，便立刻如身临其境，似闻风雨咆哮之声，心震神惊。古人画雨，戴进此幅，无疑算得神品。它带给我们似曾相识的自然景观，更带给我们一种少有的紧张亢奋心情。

宋人的酒趣

唐人的舞与诗，离不开酒，这是颇有定论的。然而唐之前，如商纣王便有“酒池肉林”；魏晋之际“竹林七贤”中的刘伶为酒中之仙，一醉三年。而唐人中有杜甫写的“酒中八仙”，李太白斗酒诗百篇。饮酒到了宋代，便喝出些花样与奇闻逸事，与宋词一样流传下来。我在披阅若干史籍之后，便有了一个宋人好饮的印象。自古诗文发达鼎盛之际，酒文化也发达起来。唐代不用说，宋代亦有明证。据《宋会要稿》记载，北宋熙宁年间东京城每年需糯米三十万担来酿酒，而宫廷内用以酿酒的糯米也在八万担左右。酒之于世，上自晋绅，下达闾里，文人墨客，渔夫樵父，无一日可缺此君。宋代有一位著名的宰相叫薛居正，“饮酒数斗不乱”，而宋真宗也有豪饮斗酒不醉的海量。至于一般文人墨客与市井中好饮者，够得上酒圣或酒仙档次的，亦不胜枚举。

宋代的人好饮，因此所酿制的名牌美酒就极多，有记载的酒名就有二三百个。其中宋代最大最有名的酒楼——樊楼（亦名丰乐楼）所酿之“和旨”酒与“眉寿”酒颇享盛名。宫廷名酒中有

“蔷薇露”与“流香”，这些酒口感极佳，柔和芳香，民间不可能喝得到。每个州府都有地方品牌，如临安市场畅销的中和堂、雪醅、皇都春、和酒，扬州畅销的琼花露，湖州畅销的六客堂，镇江的浮玉春、锦波春，南京的秦淮春，温州的蒙泉，等等，地方名酒遍地都是，若非宋人好饮，酒业岂能如此发达！

饮酒被当作宋人的一种生活方式和生存乐趣，更被当作雅士名流特立独行的标志。《宋史》中载有号称天下饮酒第一的大名士石曼卿的饮酒行状，可谓古人中“酒怪”或酒鬼。石曼卿作诗填词以险怪奇峭称于世，而他饮酒的做派，更可以说是惊世骇俗，创意奇特，在当时已让他酒国享名，若放到传媒发达的今天，定能炒出一个天外飞仙的大新闻来。史书上说，此人饮酒，有四种饮法，这四种饮法全是他自己的创造。一种称之为“龟饮”，用乡间稻草将自己全身捆绑，只露出半个脑袋，然后用大斗盛上美酒，伸颈狂饮，饮完三五斗后将头缩进稻草捆中沉醉山野或室外，不令家人扶归。一种称之为“囚饮”，饮酒之前给自己戴上大枷，赤了双脚，披散了头发，然后让人用大斗装了酒一阵狂灌，大有唱砍头酒的悲壮和气氛，据说在这种状况下饮酒，能体会到平生无法体会的一种境界，所以他常用此法饮酒。一种称之为“巢饮”。石氏学鸟兽盘踞于大树上，枝丫上吊着盛酒的大木桶，底上凿一圆孔，张嘴就之，酒如喷泉，汩汩入喉，直到桶中酒尽，才意兴阑珊。缘树干而下，健如老猿。还有一种饮法称之为“默饮”，这种默饮近乎斗酒，必邀一高手与之比拼。《宋史》上说，石曼卿任海州通判时曾遇另一超级酒鬼刘潜，二人结为酒中知己，后在东京城王姓酒楼比拼默饮，“终日不交一言，至夕，无酒色，相揖而去。明日，都下传王氏酒楼有二仙来饮”。拼了一天酒，一言不发、一声不响，两人棋逢对手、将遇良材，竟“无酒色”，可见是难分胜负了。

在宋代石曼卿作为文人，名声并非显著，文学成就也无法望苏（东坡）、欧（阳修）项背，但诗名与酒名综合起来，却很是可观了。当年欧阳修作为文坛领袖也是一位饮中豪杰，《醉翁亭记》写的就是他自己与文人雅士聚会酣饮的事情，所谓“醉翁之意不在酒”，盖文人托词尔。而天才的苏东坡，不仅善饮，且善酿，所酿之酒大异于市井品牌，介乎果酒与黄酒之间，酒度数不高，极为养生。东坡对自己的发明十分得意，不仅遍邀好友共饮，且著文记之以广为传播。

宋代饮酒成风，酒业发达，因此制酒家都颇有广告意识，用各种手段推销自家产品，常见的是“高悬酒帜”或悬挂招牌、牌匾，但也有创意新奇的大手笔，如游行宣传。史载南宋时临安（现杭州）市有十三家官办的酒厂，因为互相竞争，便纷纷组织游行队伍走上大街以助营销。队伍以鼓乐为核心，后跟着艳妆的骑马妓女，队伍前头则有风流少年挑着美酒，闹腾腾喜洋洋穿市而过。还有讲究的，则在妓女队后安排“八仙”饮酒表演。因此宋代的酒与宋代的饮者，就是在这种快乐的广告宣传攻势之下，盛极古今的。大小酒楼林立都市与村寨，各类酒仙酒圣酒怪沉醉于街头地角。酒风之盛，历代以宋朝为最。

宋人好酒，所以宋代不仅出酒中英豪，也出了不起的诗家词客。酒与诗文，永远是连成一体的。李太白诗云：“百年三万六千日，一日须倾三百杯！”“古来圣贤皆寂寞，唯有饮者留其名！”

悲欣交集

弘一法师临终之际，作四字偈语："悲欣交集。"弘一留在世间的最后墨宝，令我猜度了许久，"悲欣交集"或许是这位尘世的才子、佛门的大德对于生死的瞬间参悟吧。泉州清凉山弘一法师墓庐附近的石头上，摹刻有这四个字，书法朴拙，有意无意之间得自然之妙、返璞归真之境。

以"悲欣交集"悟生死，这是高僧的智慧。这四个字却让我想起生死以外的东西，比方旧时的科举故事。用"悲欣交集"来形容金榜题名与名落孙山，真是再贴切不过的。十年寒窗，一旦考中，金榜题名天下知，那种欣喜、惊喜、狂喜，是无法用言语形容的。如范进中举，喜极而疯；又如孟郊《登科后》，"春风得意马蹄疾，一日看尽长安花"这样的得意与喜悦。所谓人生两大快事："洞房花烛夜，金榜题名时。"中国最后一个状元刘春霖曾自刻一印："第一人中最后人"，自得之情溢于言表。中国科举从隋代开皇年间到清代光绪三十一年约一千三百多年，有文字记载的，仅状元就有六百四十八名；余秋雨曾说有十万进士，此数据是否精确暂且不论，却也可以看出进士实在是一支庞大的队伍。

古代的读书人，唯一奋斗的目标就是通过科举走入仕途，实现自己齐家治国平天下的抱负或荣华富贵光宗耀祖的梦想。天下英雄，尽入皇家之彀中（唐太宗语），这是科举的妙处。多少士子，三更灯火五更鸡，衣带渐宽终不悔。考中了固然是欣喜若狂，从此有了飞黄腾达的阶梯；而一旦落榜，未免就心如死灰，无颜见江东父老了。悲欣交集，正是参加科举的士子们心态的写照。

我在闲暇时曾留意过唐代的科举情况，翻检过这方面的一些史料，对于那些记载落第士子悲惨境况的文字，印象很深。从他们的身上，我体味到人生的况味与梦想幻灭后的痛切。

那些戴破帽、骑蹇驴跋山涉水来到京城长安的举子，一旦高中，曲江饮宴、雁塔题名，无上荣耀。而比起那及第的幸运儿，名落孙山的举子们却陷入了失落的悲惨境地。孙樵在《寓居对》中，这样写落第士子的悲惨境况与心情：“悴如冻灰，癯如槁柴，志枯气索，恍恍不乐。长日猛赤，饿肠火迫，满眼花黑，晡西方食。暮雪严冽，入夜断骨，穴衾败褐，到晓方活。”落第的穷举子，一般都会羁留京城，过着“朝叩富儿门，暮逐肥马尘”的半乞讨生活，潦倒下层，身栖破庙，生活十分凄苦。羁留异乡的原因，大抵是盘缠短缺、羞于还乡或待时再考这三种。温庭筠之子温宪曾有诗云：“十年沟隍待一身，半年千里绝音尘。鬓毛如雪心如死，犹作长安下第人。”长安为天下最繁华之地，所谓“富贵逼人”，豪门大宅，达官贵人，香车宝马，肥羊美酒，样样诱人，可怜羁留京城的麻衣士子，在饥寒交迫、心灰意冷中苦挨日月，死守长安，一年年挣扎着出入于森严的考场，十年不中，二十年不中，甚而三十年不中，终于死难瞑目。有乞讨冻饿而死的，有贫病交加老境凄凉客死京城的，有下第多次之后忽然中风失语的，有最后返乡猝死道旁无人收尸的，也有沿途乞讨终被冻死或落水而亡的。种种悲苦之状，不能尽述。

诗人韩偓考了十年，李商隐考了十年，黄滔考了二十三年，孟棨考了三十多年，这些人最后还是考取了。有一个叫刘德仁的举子流落长安考了三十年，临死也未能及第，一位朋友写诗祭他："忽苦为诗来到此，冰魂雪魄已难招。直教桂子落坟上，生得一枚冤始消。"生不能蟾宫折桂，死了希望有桂子落于坟上长出一枝，一腔悲怨才能消解，这真是人间悲歌了。

落第士子的悲剧，还在于，与父兄妻子音尘隔断十年、二十年之后，已为家人疑作他乡鬼物了——自己潦倒悲苦且不说，多少家庭也同时毁了。所以科举虽然让不少出身寒微的才子走上了中国的政治、文化、军事舞台，却也让无数读书人身陷苦海，以致万劫不复。落第士子的经历终汇成一部血泪交融的士子悲歌录。

欣々然
路伏

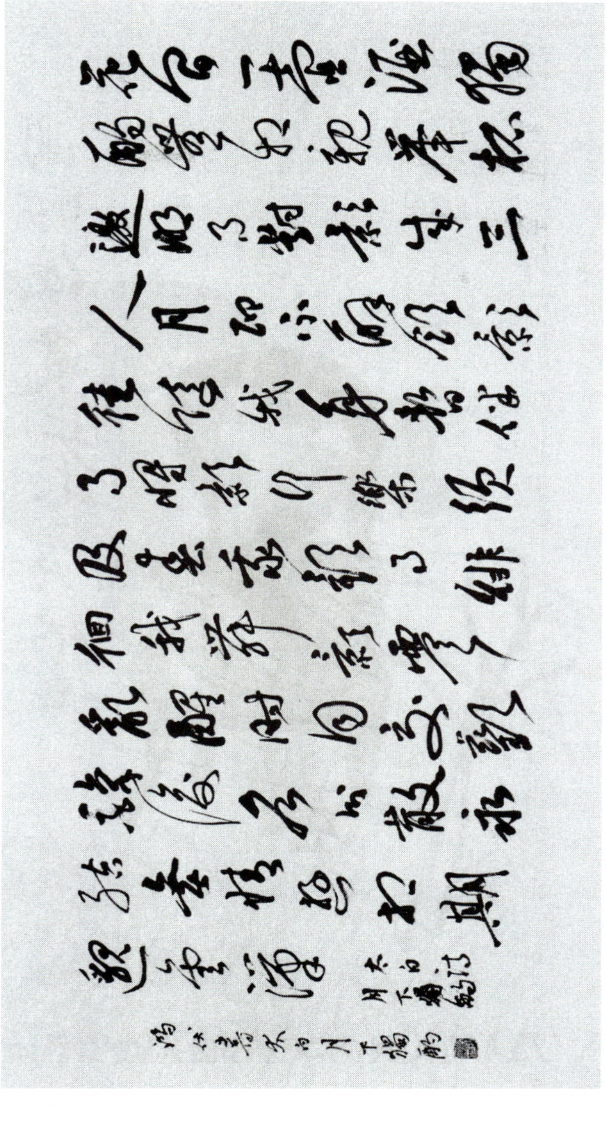

闲时便煮茶
鸿伏

饮茶的优雅

饮茶与下棋一样，讲的就是一种心境。

文徵明的曾孙文震亨曾经写过一篇很有情味的茶文章，认为饮茶最好是在下面几种状况下进行：一是隐居物外，与两三同道清谈时；二是太阳初升或将落之时，心情落寞、兴味索然之际；三是晴窗之下，看碑拓、闲吟诗之时；四是深夜灯下读书时；五是与娇妻密室中喁喁私语时；六是阴雨天气，闭窗静听雨声淅沥时；七是或大醉初醒，或篷窗枯坐，或弹琴已过。这七种状况下若是有清茶一盏，便可舒心畅怀，得自然之道，得快乐自在。文震亨的这段文字见于他所著《长物志》第十二篇。这是有关饮茶的心情的。笔者曾作过一篇同名小文，其中引用周作人一段名言："喝茶当于瓦屋纸窗下，清泉绿茶，用素雅的陶瓷茶具，同二三人共饮，得半日之闲，可抵十年尘梦。"这是讲饮茶的环境与闲适心境的，我以为正好与文震亨的看法相类，都是颇得饮茶三昧的。

饮茶历来颇讲情调，不是我们平日只把它当一种生存的必需，生津解渴。文人雅士之流对饮茶大致有以下讲究：一是环境与心情，如文、周两位的看法就有代表性；二是讲究茶的品位，必求上好茶叶与极佳泉水；再是需用好茶具，以雅洁精美为佳。当然，饮茶除独饮慢品之外，最好邀二三投机的雅友同饮。

茶叶与泉水，是非讲究不可的。大文人袁枚说“尝尽天下之茶，以武夷山顶所生，冲开白色者为第一。其次莫如龙井，清明前者号莲心，太觉味淡，以多用为妙。雨前最好，一旗一枪，绿如碧玉。”当然袁枚所谓尝尽天下茶，不过井蛙之见，天下好茶何其多矣，武夷、龙井不过其中两品，明、清贡茶就有百种之多，各具特色的。饮茶必先选择上等绿茶，备好茶叶后就是用水了。乾隆皇帝曾御制《玉泉山天下第一泉记》文，他认为泉水的好坏，除清冽甘甜之外，应以水的比重来定高下：“尝作银斗较之，京都玉泉水重一两，塞上伊逊之水亦重一两。济南珍珠泉斗重一两二厘，扬子金山泉斗重一两三厘，则较玉泉重二厘或三厘矣。至惠山、虎跑则各重玉泉四厘，平山重六厘，清凉山、白沙、虎丘及西山碧云寺各重玉泉一分。然则更无轻于玉泉者乎？曰有，乃雪水也。”这简直是天下奇文，乾隆爷亲自用银斗将天下的名泉称了一回重量，并定比重最轻的玉泉为天下第一泉，有点令人啼笑皆非。以今人的观点看，泉水比重轻，当然是含杂质或矿物质少些，但含矿物质略多并非就不好，否则今人也不会人人去开发矿泉水了。古人将天下泉水定出名次，以名泉烹名茶，茶香馥郁之中，赏花看月，焚香读书，坐而论道，实在是悠闲优雅之至的。

饮茶能饮出好心情，饮茶能饮出纯正的中国文人心态与中国特色的文化，这不能不说是茶的功劳。饮茶是日常生活之一种，却也是文化沙龙之一种。无论是居林泉幽谷之间或深宅高楼之上，还是篷窗瓦舍之下；无论春花绽、秋月升、雨声稀、雪声稠；无论失意时、孤寂时、得意时与闲暇时，饮茶时的心情都是愉悦的，它算得上是一种人生的态度，也是一种诗意的生发与延续。片刻的淡泊、闲适，胜闹世中十年尘梦。文震亨、周作人有这种体会，古今雅士文人也都有这种体会。其实饮茶也好，围棋也罢，它们本身并无多大意义，重要的是，我们能用一颗心去领悟饮茶、围棋以外的种种，这才是人生快慰之事，也是自然之道。

沧海听琴

在这寂寞的都市的深夜，我忽然想起两位古人，他们都是晋代的名士，一个是弹《广陵散》绝响的嵇康，一个是弹无弦琴的陶潜。琴这种古乐器，是古代文人必备之物，可见古代文人与今日文人比较起来，是很注重综合素质的培养的；今日的文人能弹古琴的已是绝无仅有，遑论其他。据汉代桓谭《新论》，神农氏“始削桐为琴，练丝为弦”，又根据史料，知道东汉的蔡邕曾见吴人燃木造饭，听灶下哔剥之声，知为良木，急取归家，造出中国音乐史上第一把“焦尾琴”，至今令人遥想“闲夜扶鸣琴，惠音清且悲”的孤标逸致。所以古人总以桐木制琴，“丝桐”便成了琴的别称。琴为七弦，并有十三个指示音节的标志，发音优美清越，令人有出尘之思。嵇康是“竹林七贤”之一，性情刚烈，好饮酒，一表人才，山巨源曾说他“岩岩若孤松之独立，其醉也，峨峨若玉山之将崩”。嵇康饮酒打铁于大树下，不仅拒绝为司马氏效力，而且写下了《与山巨源绝交书》这样抨击朝廷与御用文人的千古名作，惹得司马氏最后以莫须有的罪名将他杀掉。据史载，嵇康临刑东市，太学生数千人强烈要求朝廷停止行刑并让他做他们的导师，这当然不会有结果。临死之际，兄弟亲族朋友们与之作生死别，嵇康“颜色不改，问其兄曰‘向以琴来不焉？’其兄曰‘以来。’康取调之，奏《广陵散》，曲终，曰‘袁孝尼尝请学此曲，吾靳固不与，《广陵散》于今绝矣！”嵇康称得上士子中最有骨气与悲壮之气的一个，奏琴赴死，何等从容慷慨！上不臣天子，下不事王侯，傲骨峥嵘，成为漫漫长夜里一声千古绝响，令人闻之悚然惊魂。《广陵散》之曲，嵇康死后，遂失传，只留下这个曲名供后人怀想，但天地之间却有一种声音低徊盘绕，永不消歇，与泉声涛声木叶之声融为一体，《广陵散》已化作天籁之音。

同是晋代的陶潜却喜无弦琴，我可以肯定爱菊爱酒的五柳先生，一定是会弹琴的，但他却宁愿拨去七弦，从默然的古琴上捕捉生命的颤音，谛听来自宇空的缥缈琴音，那是天籁与“人籁”的合声。陶潜与嵇康比较，他的表达要曲折含蓄，但一样的有着不事权贵的傲骨与节操，“不为五斗米折腰”就是他的宣言。陶潜的无弦琴上，奏出的是《归去来辞》，奏出的是《桃花源记》以及孤傲脱俗的清越之音。我曾在湖南省博物馆见过马王堆出土的一把西汉无弦琴，那琴通体髹黑漆，头宽尾窄，为桐木所制，琴面有七条弦痕。面对无弦古琴，我仿佛听见一声忧伤的琴音从遥远的时空蓦然穿云裂帛而来，让心久久战栗。我知道历史上有许多古琴，如东汉蔡邕的“焦尾琴”、司马相如的“绿绮”、宋代的“九霄环佩”及“沧海龙吟”七弦琴，它们绕梁而鸣，已在岁月的深处喑哑，但无弦琴却让我听出另一种心情与志趣，它是非人间的绝响，无声胜似有声。陶潜遗世独立，一人独醒，弃官如弃敝屣，与田园、菊酒以及无弦琴为伴。俗世污浊不堪，在无声中持一份高洁，真的难能。然而陶潜一定是寂寞的，这是一种世上无知音的寂寞。他生活的时代没有钟子期，所以，去掉琴弦手抚虚空，让心倾听到世人无法听到的另一种声音。无弦琴或许只是一种象征，正如竹、菊是一种象征一样。沉默中却潜藏着仰天长啸，无声中却震响着灵魂的惊雷，这就是陶靖节，这就是陶靖节的无声琴。

当《广陵散》成为绝唱，无弦琴已朽，晋代风流亦作尘土，却有一把惊世骇俗、震烁今古的崩霆琴为谭嗣同所有。很奇异的是，谭嗣同读书于浏阳故宅的某一天，庭院中巨大的桐树突被霹雳摧折，谭嗣同用烧焦了的桐木制作了两把七弦琴，其中一把名曰崩霆，从此随他任挟京都。谭嗣同抚琴仗剑，面对亡国灭种之灾，在光绪帝的支持下奋起变法维新，最后与其他五君子惨遭“后党”诛杀。临刑之际，他从容慷慨，说“各国变法从无不流血而成，今中国未闻有因变法而流血者，此国之不昌也，有之，请自嗣同始”，并有“我自横刀向天笑，去留肝胆两昆仑”的绝命诗。谭嗣同的慷慨就义与嵇康临刑的表现可以说十分相似，嵇康抚琴而奏《广陵散》，谭嗣同虽未弹他的崩霆琴，却赋诗言志，皆凛然有天地悲壮之气，犹如九霄霹雳，震荡今古，令人血脉偾张。

崩霆琴现尚存浏阳嗣同故里，上有嗣同刻铭，见其琴，想见其人，依然是侠骨峥嵘。夜深之际，崩霆不弹而鸣，仿佛嗣同临刑的悲歌。从崩霆琴想起谭嗣同的爱国，由《广陵散》想起嵇康的蔑视死亡，由无弦琴想起陶潜的高洁，这样的琴才是不朽的，它们比之世间许多稀世名琴更具有撼人心魄的力量。但弹琴需有知音，否则也只有摔琴一叹了。

夜已深，琴已渺，在这万丈红尘中的都市，所有肉体和灵魂都已沉睡，谁能听得见天地间那盈耳的来自岁月深处的绝响呢？

跋

近年来写作得不多。有行政工作忙的原因，有新冠疫情对心情的影响，还有一些其他因素。作为一名业余作家，我的时间不由我掌控，包括节假日或周末。剩下的一点时间，还有家人要照顾。我拾掇起时间的碎片，试图让它们也能发出光亮，写作、书法、绘画，还有收藏和阅读。当然也偶尔与新老朋友煮茶论道。这样算起来，留给写作的时间已少之又少。更何况，从四十岁开始就给自己立下规矩，晚上绝不写作。写作需要时间，需要燃点，更需要一种心情或者激情，文学创作不是挤牙膏也不是写公文，没有强烈的写作冲动与欲望，是创作不出好作品的。这种时候，搁笔是最明智的。

中国的作家和写作人实在是太多了，多得像沙滩上的沙子；中国能发表文章的报刊和平台太多了，多得数不清楚；中国每年出版的书和发表的文章太多了，多得数不清楚。我们真的不缺作家，更不缺出版物，我们缺少的是懂得适时搁笔的人和一种清醒的自觉。少出几本书或多几个不怎么勤奋的作家，尽可能少制造一些可有可无的文字，也是对祖先创造的伟大汉语的一种敬畏吧。有时候我在想，当今这么大体量的文学创作，真正优秀或杰出的作品又有几部呢？包括那些层出不穷的获各种大奖或登上好书榜的书，能在时间长河里存活几十年或上百年的又能有几部？曹雪芹只写了《红楼梦》前八十回，花了一生时间；蒲松龄穷尽一辈子，也只留下了一部《聊斋志异》。文学史上不朽的作品和人物，毕竟是寥若晨星，像苏东坡那样的天才和全才，这么一个泱泱古国，也就一人而已。所以老天爷是吝啬的，而时间更是苛刻的和残酷的。文学创作如农人种地，区别只在农人是种地的而写作者是种字的。写在纸上或键盘上敲出的文字，有的落地就死了，有的存活的时间很短，有的却可以长生不死。长生不死的字，就是经典。一个真正对文学有抱负或使命感的人，他最不愿看到自己种下去的文字落地即死，他对自己的作品总是有着期许，期许那字能在人间存在百年或更久远的时间，他们把作品当作个体生命的延续。古人视文章为经国之大业（未免夸张了），期望能流传千古，所以古人对于写作的态度与用心用力，以及不敢妄作，甚至如孔夫子这样的圣人竟述而不作，足以见出古人对文字的敬畏与审慎。老子这么伟大，《道德经》只有五千言；周敦颐是一座理学高峰，平生著述也就五千字左右。比起近现代著作家的创作体量天遥地远，更遑论当今写手尤其是网络写手一部作品动辄几百万字甚至是上千万字了。

我讲古人，并不是想否定今人，但无论今人古人，对于文字，都应该具有同样的审慎与敬畏。少制造文字垃圾，即是对母语应有的尊重，也是对自己、对社会，甚至对后代负责任。作为一个写作者，我一直希望自己种下去的文字能存活得稍微长久些，尽量少生产垃圾，回归写作的纯净状态。佩服那些每年都有大部头问世的作家的勤勉，但自己却总是提醒自己尽量压制写作的冲动，要少写，如果觉得写出来的东西可有可无，那就干脆不写。这世间不会因为你少写或不写而缺了写作的人。写作者永远在写作的路上，最好的作品永远是下一部，大家这么做这么想，我同样不能免俗。现在出版市场似乎遇到一些困难，没有了从前的火爆，但还是选出一些散文短章，并破例选出一些自己的书画习作，合而为一，成为我的第一本书、画、文合体也即“新三体”作品集。读者看文章累了，可以翻翻书法或者绘画；翻看书画高兴了，可以读几页更能让你愉悦的文字。这样，我就不会给读者带来负累。希望这本“新三体”能带给您不一样的生活感悟与快乐。

2023年2月18日于朗畅轩

香雪文丛书目

刘世芬《毛姆VS康德：两杯烈酒》	定价：62.00元
夏　宇《玫瑰余香录》	定价：68.00元
汪兆骞《诗说燕京》	定价：68.00元
方韶毅《一生怀抱几人同——民国学人生平考索》	定价：66.00元
王　晖《箸代笔》	定价：68.00元
周　实《有些话语好像云朵》	定价：58.00元
魏邦良《传奇不远——一代真才一世师》	定价：72.00元
刘鸿伏《屋檐下的南方》	定价：68.00元

Books
北岳好书

集木

// 集木工作室

投稿邮箱：jimugongzuoshi@163.com

微信公众号：集木做书

微信搜一搜

集木做书